風を入れる

Sada Michiaki

定 道明

編集工房ノア

風を入れる　目次

装画　若林朋美
装幀　森本良成

黒壁夜色

こんなのは暮色とは言わないんだろうなあ。夜色と言うんだろうなあ。歩いているのは俺一人。猫の仔一匹いるわけではない。

佐伯はそんなことを考えながら黒壁を歩いている。黒壁から、人が、いつ、すっかり姿を消してしまうのか、佐伯は知っていない。あれほど賑わっていた店が、悉く、黒々と戸を閉ざしていて、まるで死の街へでも踏み込んだような薄気味悪さが佐伯の背中に張り付いてくる。

本当に人がいない。車がない。戸が閉まっている。そのために、日中であれば大体見当が付くはずの店の位置がどうしてもわからない。この辺に骨董屋があったはずだがな、と思うがよくわからない。佐伯は、実は朝方、その骨董屋を一度覗いている。目的は一つ、前に見たことがある茶掛けの一本に、「脱穀の図」というのがあったのを再び見るためであった。

百姓夫婦が向こう向きで作業をしている。藁の束のようなものを振り上げ、台の上に何本かさし渡してある竹か何かに叩き付けている。場所は戸外。筵が敷き詰めてある。傍に住まいらしき家もある。向こうには実り豊かな穂波が拡がっている。

はてな、というのがその時の佐伯の実感であった。稲の籾は、そんなふうにして簡単に落とすことができるものではないぞ。必ず籾が残る。そこで佐伯は家へ帰っていろいろ調べてみた。

脱穀の最も原初的な方法は、穀打台に稲を打ちつけるものであったらしい。この方法がうまくないので、唐竿《からざお》や扱箸《こきばし》や千歯こきが用いられるようになった。千歯こきなら佐伯は種籾を扱《こ》くのに子供の頃やったことがあった。すぐ近くまで生きていた農具である。扱箸は、二本の竹に穂先をはさんで籾をこき落とすのであったが、「こいばし」とも称した由で、これも、佐伯の子供の頃、親指大の竹をこいばしと言ったので、まちがいなくそこにつながるものであることがわかった。

しかし、千歯こき以前の脱穀の方法として、『農業全書』が載せているのは扱箸であったし、久隅守景が「四季耕作図屏風」（六曲一双）に載せるのは唐竿であった。穀打台が描かれた絵がどこかにあるのだろうか。件の絵が仮に珍しいものであるのなら、それを店主は知っているのだろうか。とにかく、絵が古いものかどうかは別として、絵の題材が古いものであることは間違いのないことが判明した。扱箸以前、唐竿以前ということになる。

農作業図の世界からいかに距離を置くかで佐伯はこれまで生きてきた。そして時が経ち、定年を迎え、お役ご免となった。不思議なことに、この段階に来て、妙に件の絵が気になり出したのであった。佐伯の心の何処かに隙のようなものができて、例の絵が棲み始めたのである。

佐伯が朝方その骨董屋を覗いた時、亭主は不在であった。聞くと、午後には出て来るという。以前は、亭主は朝から詰めていた。午前中は店を雇人まかせにするようなことはなかった。亭主の加齢もすすんだのである。軸については、亭主の許可を得て欲しい旨の貼り紙がある以上、勝手に手に取って見る訳にはいかない。骨董屋であるから、或いは遅くまでやっているかもしれないとふんだのが裏目に出た。どの店も戸を閉ざしてビクともしないということであれば、たった一軒だけ灯をともしているというのは考えられない話だ。黒々とした屋並みには名状し難い凄みがある。これの調子を崩すことは、店の調子を崩すことに外ならない。自らすすんでそれを引き受ける店はない。

ホテルは取ってある。

「夕食はどうしますか」

勢津子が佐伯にそう聞くのには理由がある。

佐伯が独りで酒でも飲みたいと言えば、勢津子は娘の家へ行って、二人の孫を囲んで食事をする。佐伯が勢津子との食事を希望すれば、こんなことは滅多にないのだが、彼女は今から行く娘の家を適当に切り上げて、約束の時間に戻って来なければならない。佐伯は娘と縁を切っているために、世間によくあるところの、老父母が打ち揃って娘の家へ出掛け、孫達を交互に抱っこして歓談するといった経験をこの夫婦はしたことがない。いつもその辺の処理がややこしい。

「俺は久し振りだから、多吉で飲んでるよ。適当な時間にホテルに帰ることにする」

「ああ、それがいいわね。時間を合わせなくてもいいし」

「ゆっくりするがいいさ。俺はそんなに遅くならない。六時頃に多吉に行ったとしても、いいとこ一時間だな」

こうと決まれば、後は娘の都合だけだ。

助手席の勢津子が携帯をかける。

「カレモイッショナノカ」

そんなふうに娘の声が佐伯には聞こえる。

「うん一緒。だけど、夕食は勝手にすることになったから、ママはずっとフリー。何もないよ。今すぐにでも行ける」

勢津子の声は透き通り、弾んでいる。

助手席にいた勢津子と運転を交替する。

勢津子は「じゃあね、飲み過ぎないでね。飲み過ぎると鼾が嫌だから」と言うと、車を勢いよく走らせて行った。

長浜へ来ると、大体はこんなふうにして一旦別れる。そしてその足で佐伯は黒壁へ向かったのであったが、骨董屋に振られたついでに、彼は大手通りに入って大通寺まで足を延ばすことにした。

大手橋の下を流れる細い川は米川である。彼は黒壁に足を踏み入れると、大抵大手橋の上から米川を眺める。川は音を立てて流れているわけではない。かといって近江八幡の疎水のようではない。米川の水は速いのだが、浅い河床で鮮やかな緑色をした川藻がひきちぎられまいとして頑張っているのを見るのは気持がいい。この川は生きている。昔からそうだったにちがいない。

橋の袂にパン屋がある。パン屋も既に閉まっていたが、以前、この新しい店へずいと入って、勢津子が一抱えほどもあるパンを買ったことがあった。食べるためではない。一抱えほどもある巨大なパンを買うのが嬉しかったのだ。

パン屋の反対側の袂に、西田天香の生家がある。この家が何故米川に一軒だけ突き出ているのかがわからない。こうでもしなければ家の間取りが取れなかったものかどうか。もしそうだとしたら、この家の住人の一人ぐらいは、ただではすまない生き方をするようになっても不思議ではない。そして彼の寝床の下を生涯にわたって流れていたのは、朝な夕なに眺めた米川の流れであったにちがいない。

大通寺の参道に入る。大通寺はずっと前に馬酔木《あせび》展をやっていて勢津子と中へ入ったことがあった。その後、奈良のホテルのいたる所で馬酔木の巨木を見るに及んでからは、所謂馬酔木展には興味がなくなったが、大通寺の本堂のたたずまいがいいので、黒壁へ来るとぶらりと佐伯は一人で境内へ入る。

新品の神社仏閣は疲れる。どうもこれは佐伯の趣向のようで、若い頃から朱の色も、鮮やかな建物には興味がなかった。趣向の根拠を説明できるようにも思うが、或いは佐伯の中に、古びたものに対する同情があるのかもしれず、そうなったらこれは如何ともし難い病気のようなものだ。

大通寺の本堂は草臥れ果てて見える。それが佐伯をどっと安心させるのだが、それでいて誇り高く堂々とした威容を保っている。西田天香の生家を少し過ぎた所にある万屋に寄った時、一人の画家が描いたという長浜市街のさまざまな角度の絵葉書の中に、一枚だけ大通寺本堂を正面から葉書いっぱいに描いたのがあったが、佐伯はこの画家の気持を考えて嬉しくなった。

長浜という町は変な所のある町である。道という道に面した家が、日中は玄関を開けっぱなしにして、売る品物がなくても店を出している気分があり、そうでもしないことには家の住人は不安でやっていられない感じがあった。売る品物がなければ、今使っている飯茶碗でも並べ立てかねない勢いのようなものが、町全体を支配していた。

佐伯は三十分もすると、寒くなってきたこともあったが黒壁を引き返して来た。黒壁は夜色のうちにあって物音一つ立てなかった。彼の鈍重な靴音だけが、夜色に跳ね返されて逃げ場を失った。彼は駅の構内を抜け、ホテルの前にある公園に顔を出した。

焼き鳥屋の多吉は公園伝いに歩いて行けば、公園の切れた所にある。見慣れたチェーン店である。以前に店に入った時、多吉の炭を焼いている男は中学校同級生である、と言ったら店長に大いに尊敬された。店長は、初めのうちはまさかといった顔つきをしていたが、佐伯が炭焼きの男の名前やら、男が少年の頃家族と炭を焼いていて、出来上がった炭俵を山中から背負って運び出していたために、長距離走が滅多矢鱈に強く、県の中体連新記録を樹立して長い間破られなかった話などをすると、彼は一気に乗ってきた。

「村の運動会の呼び物の一つにマラソンがあってね。最後の種目さ。これには、小学生も中学生も一緒になって走るんだ。マラソンが帰って来ました、というアナウンスがあって運動場の入口を見ると、何と小学校六年生のそいつが、中学三年のトップの腰のあたりにくっ付いて帰って来たんだ。二人の身長の差がそんなもんだった。とにかく二人はふらふらよ。震え上がったよ。運動場は騒然となった。中学三年のトップの男は、誰からもトップが予想されていて、これに驚く人はなかったが、まさか小学生が彼と同時に帰って来るとは思わなかったんだ。トップはこんなはずはないてんで顔は真っ青よ。炭焼き少年は真っ赤。二人は足を上げるのがやっと。進んでいるのかいないのか。走っているのかいないのか。余程激烈な競争が今の今まであったということだろうね。どんなにどんなにスパートしても、炭焼き少年がついて来たということだろうね。そのうちトップはほとほと疲れ果ててしまった。そしておそろしくなった。運動場に入って、何とかトップは逃げ切るんだが、ゴールでもんどり打ってぶっ倒れたのはトップの方だった。炭焼き少年はゴールすると、そのままUターンしてすたすたと神社の森の中へ消えた。暫くして全身びしょ濡れになって現われた。水呑み場へ行って頭から水をかぶったんだろうよ。中学生になると、県の中体連では中学三年の時に千五百米走があった。出ろ出ろてんで彼は押し出されたんだ。スパイクなんかないから裸足だよ。そうしたらもうダントツ強くてね。勝負も何もあったもんじゃない。それまでは強いことはわかっていても、どれだけ強いのかはよくわからなかったんだよ。記録を取られてはじめてわかった。村の学校なんていい加減なもんだ。記録を取って取れないことはなかっただろうが、それもしたことがなかったし、他校と比較してみるなんてのはあり得ないことでね、先生方にしても及びもつかないことだったんだろうね」

「裸足ですか」

「裸足だよ」

「信じられない」

佐伯が帰り支度を始めると、店長から先に出口の方へ立って行った。客がまだ少なかったこともあるが、女を含めた四、五人が店長の行動に合わせて出口へ動いた。出口に自然と店長を先頭に店員が並ぶことになった。

焼き鳥屋の店先ということを考えると奇妙な具合である。とにかく佐伯は、大きな掛け声と共に最敬礼する彼等から逃げるように退出することになったのであった。ぐっしょり汗をかくことになったのは、店舗の炭火に当てられ続けていたからではなかったのだ。


ホテルで目が醒めると、勢津子はいつの間にやら戻って隣りのベッドで寝ていた。いつ戻ったのやら、寝顔の中の鼻をつまんでやると、

「ウルチャイ」

と勢津子は言った。

「ウルチャイ？」

それが、孫達との遊びの延長線上にまだ勢津子がいるのだとわかるまでに、佐伯はさして時間を要しなかった。彼女は二人の孫達にとって圧倒的な存在なのだ。しかし、彼等の関係を佐伯が見たわけではない。

「孫達には罪がないでしょ。おかしいじゃない。坊主憎けりゃ袈裟まで憎しとおんなじ。あなたの三権分立論に違反するね。娘は娘、孫は孫でしょ。それをごっちゃにして頭の中どうなっているんだか。孫にも権利があるのよ。それは、娘がしたことと関係ないんだわ」

これが勢津子の変らぬ言い分である。

「小津の映画にもあったではないか。亭主が娘の結婚式に出ないとなれば、たとえ女房は出たくても出ないものよ。現に花嫁の親が出ないのに出るわけにいかんと言って、出なかった男が二人いた。おまえさんの兄貴然り。それが普通よ。おまえさんの場合は、先頭に立って、出る人を引き連れて行ったんだ。こんな時は、多数決ってわけにはいかないよ。夫婦がどうしても別行動をとりたいのなら、夫婦を解消したらいい」

まだまだあるが、これが佐伯の勢津子に対する言い分である。

どんな場合でも、新しく生まれる孫は別だ。それとこれとは別だ。こうした話は、勢津子以外の口からもたまに出たが、佐伯はそこに罠のようなものを感じた。そこを突破口にして、済し崩し的にことを運ぼうとする。一気に堤防が決壊し大洪水が発生する。洪水の引いた跡は夥しいごろた石の堆積だ。田圃も畑も作物もあったものではない。

しかし此の頃は、佐伯は孫達が佐伯の家へ遊びに来たければ来ればいいと考えている。佐伯の家は老夫婦二人が住むにしては不便な作りになっている。使われていない部屋を誰かが使うというのは、部屋にとっても家にとってもいいことだ。屋敷もやたらと広い。下水を引く時に、経費が屋敷面積にかけられてひどい目にあった。段トツ高額負担金をはじき出されて隣り近所からも同情された。屋敷の中に畑がある。畑は家庭菜園といったものではない。豆トラを導入して土起こしをする。何もしない佐伯だが、豆トラの運転だけは自分の仕事と心得ていて「面倒くさい」とは言わない。家から五分も歩けば、運動公園がある。週日に使われることは滅多にないから、いつ行っても広々としたサッカー場は自分の場所になる。春になれば、泰山木が巨大な花を付けて芳香を放つ。山帽子とか、エゴの木とかが、近頃はキャンパスや病院の庭などに大量に持ち込まれているから、泰山木なんかが何百本も運動公園に植樹されるのは珍しくも何ともないのかもしれないが、佐伯は気に入って仕方がない。泰山木の大振りな花は、大振りな公園に似合っていると思うのである。そしてそれは、小さな子供達にきっと大きな宇宙を与えるにちがいない。

孫達が母親と一緒に、母親の生家を訪ねるのは正当な資格である。母親と祖父との義絶は、この資格の行使とは性質がちがい、矛盾しない。

自分が生まれ育った家を動かすことはできないから、そこに結び付くものはどんなことがあろうとも、つながりを持ちたい時は持てばよい。これが佐伯の三権分立論である。

そうはいっても、現実には面倒くさいことがおし寄せてくる。彼等が来た時、佐伯はどんな顔をすればいいのか。

一、知らん顔をする。二、話をしない。三、家にいない。

こう考えると、三の「家にいない」が最も面倒がなくて無難に見える。

「俺は考えたんだ。あいつらが来た時、俺は家を出る」

いつか勢津子にこんなことを言ったことがあった。

「そうお、それでどうするの？」

「アカデミーホテルに泊る。あそこは安いし、温泉もある。ま、湯治だな」
「好きなようにしたら」
これは勢津子のよく口にする台詞だ。

長浜へ行くことを提案したのは佐伯であった。朝早く従弟から電話があり、従兄が息を引き取ったことを知らせて来た。この従兄の方は、従兄弟ということでいえば、唯一佐伯より上の男であった。順番でいえば、その次が佐伯ということになる。ついに俺が一番年長になったな、というのが、従弟から電話をもらって暫くしてからの感慨であった。

一週間程前に、佐伯はこの従兄を病院に見舞っていた。彼は誰もいない病室のベッドに横になっていた。本当に誰もいない病室。家族も、一族も、看護師の気配さえもない霊安室、というふうに佐伯には感じられたのだが、眠っているのかいないのかわからない相手に、佐伯は自分の名前を名乗って声を掛けた。

三度目かに、彼の表情が目をつむったままで動いた。佐伯はもう一度力強く自分の名前を告げた。

布団の中で、佐伯の立っている側の手がもぞもぞと動くのがわかった。佐伯は布団の中へ手を滑り込ませて、彼の手を握った。彼は強く握り返してきた。途端に彼の顔がくしゃくしゃになった。

佐伯はほっとした。これでいいのだと思った。これで、約束を果たすことができたのだといった実感を味わうことができた。誰との約束、というものではなかった。強いて言えば、それは、佐伯自身との約束と言った方がより正確な何か、を佐伯はたしかに今果たしたぞと思ったのだった。

朝方息を引き取ったということであれば、今夜に通夜はない。佐伯はこのまま明日の通夜まで家にいる気持にはなれなかった。家を離れたい。長男であった従兄は佐伯の家で生まれた。佐伯の家が祖母の家、つまり彼の母の実家であった。彼とぐんと歳が離れていた従弟などは、子供の頃しょっ中母に連れられて来ていて、母の姿が見えなくなっても佐伯と遊んでいる内はよかったが、もしかするとおまえの母はもう帰って来ないかもしれないぞと口走ろうものなら、あられもなく泣き崩れた。佐伯はそれが面白くて、善良な彼との遊びに倦むとそう言ってからかった。彼が泣き崩れるのを見たいためでなく、「嘘や」と一言言うことによって、彼がけろっと泣きやむのを見たいために。

こうして蘇ってくる記憶も、今となっては佐伯にとって忌ま忌ましいものでしかなかった。それが我が家と絡まってくる。冗談ではない。

生前、元気な従兄とさしで話したことはまずなかった。歳が一回りも離れていたこともある。彼は、孫が一人前になり、漸く楽隠居の身分になった時細君が自殺した。細君は椿の花のような人であった。彼に襲いかかった最初にして最後の不幸であった。そうして晩年を迎えた彼と佐伯は正面から向き合うことができなかった。亡父の葬式、四十九日、一周忌と彼は家へ来たが、佐伯には彼と話した記憶がない。亡父の三回忌には彼の一人娘が来た。彼はその頃は施設に入っていたからであった。

どうにもならないことはあるものだ。寂しい晩年、という言葉が佐伯の頭に浮かんだ。従兄の晩年はひどいものだった。寂しいなんてものではない。そうすると、そこにいたるまでも、従兄には心の底から笑いころげたことがあったのだろうか、といったことが佐伯に思い出されてくる。元気な頃の従兄の横顔にも、何処かに薄い翳があったように思い出されてくる。

いい気なものである。特別親しい間柄でなくても、血縁につながる男の死に直面して勝手に遊びに出るとは如何なものか。遺された一人娘などは、父親の死が突発的でなく、それなりの大往生であったことを以てしても、何日も不眠不休でやって来ているだろう。それを尻目に遊びに出掛けるというのは不謹慎のそしりを免れないだろう。しかし大抵の場合、こんなものであるにちがいない。関係がないのだ。たとえ、大人物の死であっても、ことの推移はほとんど変るまい。すったもんだをしているのは当事者のみに限られる。彼等にとって世界は腹立たしいものに思われる。

佐伯は自分が薄情な人間であるとは思わなかった。明日の通夜、明後日の葬式、これにはきちんと出る。特に通夜については、此の頃は案内がなくても廻り焼香と決まっているが、佐伯は居残って、親族だけのおつとめにも出るつもりでいる。それで親族としての義理に欠けることはない。むしろお釣りが来るだろう。

そんなことを考えながら、佐伯はもう一風呂浴びることにして部屋を出た。まだ時間は早く、ホテルのロビーや土産物売り場には、夕食を済ませ、浴衣掛けでくつろぐ宿泊客の姿があった。

大浴場は混んでいた。入ってすぐ、団体客とおぼしき集団が湯に浸っている姿が目に飛び込んできた。彼らは皆んなタオルを頭の上に乗せていた。集団には、明らかにそれとわかるリーダーがいて、彼らはリーダーの指示を忠実に守っているのだということが呑み込めた。それは、彼らが、頭の上にタオルを乗せていない客がいくらもいることに、怪訝そうな目をいっせいに向けていることでも了解された。

湯に浸かると、一人の男が佐伯に話しかけてきた。

「ひどいもんですな」

佐伯は黙っていた。

多分、男の言い分は、団体で浴場の湯に浸かることに対する不満を言ったものだろう。そのために、個々の浴客が浴槽の片隅に追いやられてこそこそしている。ゆったりとした大浴場の気分を味わうためにこのホテルに予約を入れた客にしてみたら幻滅だ。

佐伯はそこそこに大浴場を切り上げて部屋に戻った。勢津子はまだ寝ていた。このまま朝まで寝るのか、それとも深夜に一度目を覚まして風呂に行き、明け方まで又眠るのか、そこは佐伯にわからなかった。二人の間で、わからないことが積み重なっていく。

「そこにね、ポットの中にね、沸かした湯が入っています。それを飲んで下さいな。

水は駄目よ」

寝言とも何ともわからないような調子でのろのろと勢津子が言う。それ切りのことだ。明日になって、これを勢津子が覚えているかどうかということになるとわからない。

佐伯はテレビをつけるわけにもいかず、窓辺に寄ってカーテンを開けた。部屋のカーテンを佐伯が閉めた覚えがないからこれは勢津子のやったことである。高層ホテルの上階の部屋の様子など、誰にとってもどうでもいいようなものであるが、それでもカーテンを引くというのは、多分その人の心の問題だ。それをどうでもいいと考える人間と、そうでない人間とでは人間の生い立ちが関係しているように思えてくる。優劣の問題ではない。センスの問題でもないだけに、今更どうにもならない気がしてくる。

窓外から見える暗いだけの湖水の風景は、風景といったものではなかった。風があり、音があり、声があることで、風景は単なるものではなくなる。そこに手触りができるからである。開け閉めのできない部厚い硝子の窓があるだけでは、外界と室内の区別をつけるだけで、いかなる興味も、感性も、従って余情も呼び起こさなかった。

佐伯は退屈でつかみどころのない窓辺を離れた。そして部屋の隅にある机のスタンドを灯して一枚の葉書を書くことにした。机のスタンドの灯は勢津子の所にまでは届かない。このことは、この部屋に関する限り幸運というより外なかった。何故なら、大抵の場合、夜中に灯をつけて佐伯が葉書なりを書こうものなら、それだけでパニックになった。佐伯と勢津子のリズムのずれは如何ともし難く、お互いが歩み寄って修正すればどうにかなるといったものではなかった。佐伯は少しも夜の夜長を好きなようにできなかったし、勢津子は勢津子で、自分のリズムが搔き乱されることに我慢がならず苛立った。

佐伯は家から持って来た絵葉書を取り出すと、小学校時代の恩師に便りを書いた。彼女は今や一人で湖西の堅田に住んでいた。大手術をし、経過が全くかんばしくなく、辛い身をやっとの思いでだましながら動かして身の回りの世話をしていた。外出などということも、文房具屋へ行って便箋や封筒を求めることもままならず、手製の葉書、手製の封筒で佐伯に返事をくれたりもしていたが、又その出来がなかなかよかったのだが、彼女の返事は娘のような喜悦に満ち溢れていた。佐伯は近年になって、一度堅田へ行く必要があると感じていた。しかしそれを、彼女への便りに書いたことはなかった。今何をしているか。今何に興味を持っているか。日常の移ろい、季節の移ろいを、佐伯はできるだけこまかく、彼女の便りに書くことにしていた。そうすると、遠方の地でその便りに反応して、コトリと動く彼女の気配が佐伯に感じられ、彼は当分の間耳をすますことになった。

彼は彼女に五十年余りも会っていなかった。一度クラス会があったから、その時には会っているのだが、その時でさえ、彼女が小学校一年生の担任であった時の印象はまるでなかった。この経過でいくと、今日の彼女は他人であるのかもしれなかったが、佐伯は彼女が書く便りの中の彼女を信じた。そうした彼女と繋っていたいという気持が、彼に気が向くと手紙を書かせた。

朝、佐伯が目を醒ますと、既に勢津子は起きていた。すっかり明るくなった窓辺に寄って、バスタオルで顔や頭を軽く叩きながら言った。

「いい湯でしたよ。行ってらしたら。丁度この時間帯人もいないし」

佐伯は黙ってタオルをつかむと浴場へ向かった。

大浴場は昨夜とは打って変って空いていた。浴客も、外の露天風呂にいる者まで含めても数名ほどで、彼らは静かに湯船に浸かったり、洗い場で髭を剃ったりしていた。この時間帯にこうしているのは、ノルマのない人達ばかりにちがいない、と佐伯は自分のことのように考えた。だから、昨夜の団体客のようなものがまだ残っているはずがないのだ。彼等は、もうとっくの昔にバスの中にいて走っているだろう。彼等にとって、旅行は仕事の延長なのだ。旅行に行っても仕事の話ばかりしている。宴会の時にも話題は仕事だ。つい先頃まで、佐伯もそうだった。

佐伯はさっと入って脱衣場へ戻って来た。するとそこに三人の男達が頭をつき合わせて話し込んでいる姿があった。一種気怠く、疲労が澱のように溜まっている脱衣場の空気の中で、彼等の声高な話し声は異様に聞こえた。話がこみ入ったものであることがすぐにわかった。

一緒に来た友達の一人が仆れた。命に別状はない。家族と連絡を取っているが、家族の到着が早くても今夕になる。それまでは病室に誰かが付き添う必要がある。皆んなが付き添う必要はない。さてどうするか。

彼等は佐伯よりかなり年嵩に見えた。しかし彼等の言説は明解であった。話の論理性も、倫理性も、佐伯に違和感がなかった。彼は改めて彼等を眺めた。同級生、同期会、等が考えられた。佐伯のそう遠くない未来図を彼はそこに見た。

「細君とは別居だからね。いやもう大分経つらしいんだ。来るのは息子。それで遅れる。まだ外国でなくてよかったよ。息子はしょっ中海外だからね」

「こんなことになると、別居は辛いな。同じ別居でも、こんな時には駆けつけてくれる別居ならいいんだが」

「いや、それはない。同居にけりをつけた挙句の果ての別居だ」

彼等は、三人三様にこんなことを話している。仆れた友人を誰が責任を持って引き受け、さてどうするかについての話の進展はまだない。仆れた友人が、途端につめたくあつかわれている。

佐伯は部屋へ戻った。

「どうするかね」

テレビを見ている勢津子へ彼は声を掛けた。腹が空いていないこともない。昔はこんなでなかった。酒を飲んだ翌朝は無性に空腹を覚えた。

「ホテルで何か食べますか」

勢津子がこう言うのは、自分はどちらでもよい、という意味だ。

佐伯は、食べるならしっかり食べるという気持であった。ちょこちょこと、鶏が菜っ葉を啄むような食事なら摂らない方がよい。

勢津子との関係でいえば、こんなことも次第にはっきりしてきたのだが、近年は食事の好みでも、嫌なことは嫌だといった気分になってきている。勢津子の作った一部のものを佐伯が食べない。佐伯が作った一部のものを勢津子が食べない。

佐伯は料理が下手ではない。刺身なんかは玄人はだしである、と人も言う。料理学校へ行って習ったわけではない。魚屋の前に立って覚えたのである。魚屋は所謂プロだろう。しかし、若い彼等や、年とった彼等がなすこと全てを佐伯が首肯しているわけではなかった。彼等に流儀があるなら、佐伯にも流儀がある。そう考えるようになった時、彼は彼等より劣っているとは思わなくなった。ごまかしたような料理は料理でなく、実質的な料理こそ本当のものと考えた。足腰の強い料理、減り張りのしっかりした料理こそ本物と考えた。どんな場合でも、紙をめくってみてそれがなければ偽物と考えた。だから、ぺらぺらの刺身が、まとめて食べても一口サイズで提供されたりすると、彼はげっそりして気分を悪くした。

「出よう出よう」

「そうお」

今日は帰るだけの日程である。勢津子にしても、朝食程度で目くじらを立てようとは考えていない。これまでにも、何度か入ったことのあるいくつかの店が思い出されてくる。それに、この時間帯では、朝食と昼食を兼用することも選択肢の一つになってくる。


佐伯は一週間程前に、知人の陶芸家の展覧会を観る機会があった。展覧会は「壺」展と銘打っており、百三十点ばかりの出品数を数え、その内の百点ほどが、中振りを含め、大振りで肉の厚い壺ということができた。彼は、たまに灰釉や鉄釉を使うことがあっても、自然釉だけの焼き締めをかかげて来たから、よく似たくすんだ色合いの壺が百三十点も展示されていると、地道な仕事の集積というより、一種壮観な感じが会場を圧していた。

そこに彼の美しい夫人が立っていた。夫人は彼よりずっと若く、髪も、少し延びた髪を二つに分けているだけであったから、横顔や首筋だけを見ていると、高校生か女学生にしか見えなかった。彼女が年相応に見えるのは、着ている大島のせいで、この方は地味でしっとりとした落ち着きを見せ、展示品の色合いによく溶け込んで見えた。

「コスモスの枯れ枝を始末していましたらね、ぐいと引っ張った拍子に左目を突いてしまいましたの。出血したものですから吃驚して県立の救急へ走りましたの。日曜日で何処も眼科が駄目で、本当に困り果てたのですけれど、丁度眼科の専門医がいらして、結膜損傷とかで三針も縫いましたのよ。主人のこれがあるし、眼帯のままでは何だかみっともないでしょ。大したことがなくてよかったんですわ。よかったよかった」

夫人は、処置をした方の目を見せないようにして、横向きの姿勢のままで佐伯と応対した。そうした夫人の姿勢は、かえって痛々しいものを佐伯に感じさせたが、それも夫人の気転だと考えると子供じみていておかしかった。

亭主の陶芸家の方は、ぽつりぽつりとある来客との応対でそれなりに忙しいのだが、彼女はコスモスの話をしている。亭主の百三十点もの作品には一言も触れない。一窯焚いて満足のいく作品が二点取れたとすると、百三十点取るには六十余窯に火入れをした計算になる。一年に三度火入れをしたとすれば、ざっと二十年の歳月を費やしたことになる。彼が、定年を待たずに退職し、陶芸一筋に打ち込んで来た歳月と見合う。

あまりに遅れてこの道に入ったことが、彼の場合は、激しい制作のバネになった。それがよかったか悪かったかの結論はまだ出ていない。百三十点もの壺を、或いはそれ以上の壺を、まだ作家が手元に置いているということだけでも尋常ではない。

作家と作家夫人は共同で窯を焚いた。夫が窯を焚いている時夫人が睡眠をとり、夫人が窯を焚いている時夫が睡眠をとった、ということである。この間、雇員を使わなかった。夫人の希望で、それまでは夏場にも窯をセットしていたのをやめた。彼女の体力が続かなかったのである。これが唯一彼等の間で変更された点である。彼等は一心同体でやって来た。とことんこれでやって来た人達は、苦労話などしない。信じるとか信じないとかの類は、一心同体に隙があった場合に生じる模様というものだろう。苦労のきわみに届いてしまえば、もうそんなことはどうでもいいのである。

立っている夫人の表情には澄み切った静けさが湛えられていた。そこに佐伯は年相応の落ち着き、柔和といったものがあることを見逃さなかったが、若い頃の夫人には、まぶしいもの、まばゆいものがあって一際人目を惹いた。

毎年の、地域をあげての陶芸祭りは、丁度公園のユリノキの葉っぱが、薄緑のままで背延びをした頃に催された。ユリノキの木に犇めき合うようにして作家達の白いテントが並ぶ。天気にも左右されるが、こうした木洩れ日の中に居並ぶテント風景は好ましく、佐伯は新聞に広告を見つけると都合をつけて出掛けた。

若々しい夫人はこのテントの中に黄色いTシャツにネッカチーフだけのスタイルで立っていた。佐伯はテントの外に板を差し渡して展示されている作品群より先に、夫人に魅せられてテントを覗く気になった。中にぼそっとした細面の作家がいた。作家は五十がらみ、夫人は三十代にしか見えなかった。だから、最初のうちは、彼女が夫人であるのかどうかさえわからなかった。

佐伯は摘み徳利にしては口が大きすぎる大振りな器をつかんで感触をあれこれたしかめていた。両手でつかんで、中にものを入れるとして、これ以上の大振りな器は実用に不向きと考えた。彼の頭の中には、下ろし蕎麦の出汁入れのイメージが湧き上がっていた。大根下ろしの出汁を入れる器になら最適かもしれない。自然釉がまんべんなく行きわたっている器の色合いも申し分がなかった。彼の考えでは、蕎麦に、出汁を別にした白い大根下ろしや、鰹節や、葱の刻んだのだけが乗っかっているのは滑稽でさまにならなかった。出汁は既に下地として蕎麦にかけてあるためにそれでいいというものではなく、下ろし蕎麦なんぞというものは、蕎麦に出汁付けをした大根下ろしをごそっとかけて食べるのが本来である。その大根下ろしは、どんぶり鉢いっぱいに入っていて卓のど真ん中に置いてあり、めいめいが好きなだけ自分で蕎麦の皿に金の杓子でかけるのである。鰹節は一升枡の中に削ってあってそこに置いてある。刻み葱なんかは、あっても無くてもいい。

側に大振りに過ぎる茶碗があった。それはどう考えても茶碗らしくなく、抹茶茶碗にしては逆に小振りに過ぎた。しかしそれらは、蕎麦猪口にすれば肚が立たず、異存がなかった。笊蕎麦の猪口である。

佐伯は自分の思い付きがまんざらではないと考えた。作家の意図は知らない。そのことも、佐伯の気持をたかぶらせた。佐伯は一応自分の思い付きを作家に伝えた。初対面であった彼は、一言「なるほど」と言い、器の使途についてはこだわらない態度を示した。これも佐伯にとって好感の持てる要因の一つとなった。

佐伯は出汁器と蕎麦猪口五箇を買うことにした。展示されている他の壺などの値段に較べるとそれらはごく廉価であった。その日の彼の持ち合わせた金で買えたのである。

彼は儲け物でもしたような気分になってテントを出た。以来、出汁器と蕎麦猪口のために蕎麦を食べることがある。たまの来客にも蕎麦を出す。来客には、器も一つのご馳走のつもりで出している。特に大振りな蕎麦猪口は、豪快な蕎麦好きの男客に喜ばれている。

こんなふうにして、陶芸家とその夫人とのつき合いが出来た。彼等の関係は、自然で揺るぎないように見える。そんなに大柄でない夫人の、細身の体の何処に亭主と張り合うようなバネが秘められているのか知れたものではなかったが、いざとなると、あれで髪をスカーフで無造作に括って、昼夜を問わず灼熱の窯の前に立ち続けて来たことは昔も今も変りがないのだ。このことは、亭主の側に立てば、彼もぎりぎりまで女房の線に合わせていることになり、お互いに、待ったなしの生業をかかえ込んで譲れないのである。

佐伯は、彼等の関係を羨ましいとは思わなかった。ただ彼等には、気紛れや、勝手気儘が許されない。むしろその許されない方向へ自らを駆り立て、追い込んで行く。そしてそのことを、あたりまえだと考え、不幸とも不思議とも思わない。佐伯は彼等を修道者夫妻に見立てて考えることがあった。

小さな教会のミサに招かれた時、佐伯はミサに参列することが初めてであったから、それなりに逡巡する気持がないわけではなかったが、牧師夫人の一言が彼の心を衝き動かした。

「お昼に味噌汁を食べて行って下さいな」

牧師と牧師夫人は、高く澄んだ美しい声で、讃美歌一六を、同一六〇を、同三七七を歌った。何人かの老若男女の参列者の歌声も当然混ったが、牧師夫妻の歌声は特別な声調で狭い礼拝堂に響き渡った。そして予告通り昼食に味噌汁とおにぎりが出た。味噌汁は牧師夫人のお手製で、人参と、じゃが芋と、蒟蒻と、豚肉が具であった。歯にコツンコツンと当ったのは、多分人参であった。いずれも細長く切ってあったが、味も含めてこまやかな汁であった。佐伯は参列者に混って、なごやかに談笑しながら少しの食事を愉しむ夫妻の姿を、教会を早々に辞してからも道々思い出さずにはいられなかった。

助手席の勢津子はゆるゆると走り続ける佐伯を相手にとりとめのないことを喋り続けた。

「この辺は夕陽を撮る人達が大勢押しかけるらしいのね。だけど、白鳥の飛来地にもなっているから、鳥インフルエンザが怖いんだって。そういった人達に、勝手に街なかを歩き廻って欲しくないんだって。靴の底に付いた糞が感染を拡げるかもしれないというのね。そこまで言うかと思うけれど、子供を持つ親としては待ったなしということでしょう。白鳥はシベリアから渡って来て、春になると又シベリアへ帰って行くのね。この理屈が子供の頃はよくわからなかった。白鳥は冬が好きだから渡って来るんだとばかり思っていた。考えてみれば、此処が冬なら、シベリアはもっと冬なわけでしょう。すると途端に白鳥が現実味を帯びてきたわけよ。白鳥をよく見ていると、全部が全部白いわけじゃない。鼠色のがいる。体つきは白いのと変らないけれど子供だというのね。鼠色の毛がだんだん白くなって大人になっていくというのね。そうすると、白鳥は子供連れで渡って来たのね。家族だったわけよ。長い長い距離を飛ぶんだから、夫婦喧嘩なんてする暇がなかったかもしれない。夫婦喧嘩して、片方がぱっと離れて行ってしまっても、一人じゃ飛べないもの。いつまで一緒なのかしらね。死ぬまで一緒なのかしら。そうはいっても、一緒に死ぬことはできないから、困ったことになるね。どんなに高い所を飛ぶのかしら。子供の頃、雁が渡るのを見たことがあるけれど、あれは啼き声でわかったんだわ。大きな声で、力強く、励まし合って渡って行くのね」

左手にはずっと湖水が広がり、右手には田圃やら内湖が点在していた。ここを一本の湖岸道路が走っている。高速を使うこともできるのだが、木之本から長浜までなら、湖岸道路を走るにこしたことはない。

往路は、十一時四十分木之本ＩＣ着。十二時過ぎ、道の駅（湖北みずとりステーション）で昼食。十二時四十分道の駅発。十二時五十分姉川通過。十三時ホテル着。

もっとも、湖水に何の興味も湧かなければ、その側を走る道に興味はないだろう。桜の季節があり、芽吹きの季節がある。多分、それらは美しい。とはいえ、彼等は今だに、その季節に湖岸道路を走ったことがない。冬であったり、夏であったりする。絶好の季節に合わせて、ドライブを愉しむという域にまでは、彼等はまだ達していないというべきかもしれないが、毎回、来てしまってから、「ああ、芽吹きの季節は、紅葉の季節は、どんなにいいだろう」と言ってお互いに溜息をつく。

佐伯はゆっくりしたスピードで走った。木之本から高速に乗るとして、運転の交替を賤ケ岳でするか、杉津でするかは小さくない問題であった。此の頃は、勢津子も佐伯の運転中に眠ることがある。四、五年前までは、そんなことは絶対になかった。しかしいつ交替するかは、その時が来なければわからない。決まっているわけではないのだ。

佐伯はフロントガラスがぼんやりと曇ったように思った。雨は降っていない。念のためにワイパーを動かしてみる。曇り取りも点けてみる。フロントガラスが曇ったのではなかった。そうするとこれは、佐伯の目に霞のような幕がかかって、前方の景色を見えにくくしているのだと考えるより外なかった。涙かもしれなかった。佐伯は何度か目を瞬かせた。確認のためであったが、前方の景色は前にもましてぼおっと霞み、愈々見えにくくなって行く。

羽咋まで

羽咋まで行かないかと友人から誘われた。彼の知人が能登上布展をやっているのだと言う。どうしても行かなければならないことはないが、知人の回顧展の企画はおそらく最初にして最後だろうと思うから、できたら行ってやりたいのだと言う。ついては、羽咋まではあまりに遠く、道中睡魔に襲われても困るので、嫌でなかったら同行してくれないかということであった。

島野が運転免許証取りたての頃、彼によく助手席に乗ってもらったことがあった。彼は嫌な顔一つしなかった。片道七八十キロを走る。そこで昼飯を食う。その時に彼にビール一本を付ける。

「自分が運転しないというのはいいもんだな」

それが、そんな時の彼の決まった台詞であった。

「まんざらいけない口でもない男を前にして、自分だけ飲むのは、悪いね」

とも言いながら、彼は楽しそうに手酌で一本のビールを空けた。

島野が運転免許証を取得したのが定年になる二年前であったから、同期の彼は暇を持て余している身分というわけではなかった。彼は、既に十年も前に癌で細君を亡くし、二人の息子達はようよう成人していたけれども、老父母の介護を視野に入れなければならなかった。老父母の介護については、島野の運転免許証の取得がまさにそれに関係していたのだが、考えれば結論が出るという問題ではなかった。むしろ考えないことが結論のようなものであったから、いつも胸の中に消化不良をかかえていることでは共通していた。

要するに彼は島野の要請を快く受け、島野は大いに助かり、彼は島野のためにほぼ一日をふいにしたということであった。今回のことでは、それがあって、島野の何処かに辻褄を合わせるつもりがあったのかというと、そんなつもりは毛頭なかった。島野は島野で、久し振りの長旅を楽しむつもりでいたので、彼の要請を二つ返事で引き受けた。

「学生時代にデパートでアルバイトを一緒にしたんだよ。彼は気持のいい美大生だったから女の子にもてててね、まだ美大生なんてはやらなかった時代なんだけれど、たしか店員の一人と親しくなって結婚したはずだよ。彼の卒展はドクダミだったね。そんな画材は一人もいなかった。皆さん風景よ。ドクダミは目立ったなあ。それから能登上布。転向だね。織物だもの。それっきりさ」

受話器の向こうで友人はそう言った。彼の電話は、いよいよ島野の興味を掻き立てることになった。

もう一つのことは、島野に、羽咋と聞いただけで胸騒ぎするものがあり、羽咋なら再度訪ねてみたいという衝動を押さえることができなかった。五十年も前の茫漠とした記憶の中のことになるのだが、彼は羽咋の夜の駅に一人で降り立ったことがあったのである。

相澤道子の消息が知れなくなって久しかった。単位は全部取得していたし、後は島野と同じように卒論の提出だけということになっていたので、別に消息が知れなくてもどうということはなかったのだが、同じ研究室へ二人だけが入って来て机を並べたのだから、学友といえば大袈裟になるが、専門課程の当初から苦楽を共にすることになったというのが彼等の身内意識を育んでもいた。

これに加えて彼等に共通したのは、二人とも第一志望の専門課程を一度ふられて第二志望に廻されて来ていたことだった。理由は、二人とも第一志望の専門課程に関する単位を、教養部で取得していなかったために、たまたまその年度に定員をオーバーした専門課程からはじき出されることになった。道子が志望した国文科は、それでもこれまでに定員オーバーがなかったわけではなかった。しかし島野が志望した社会学科は、志望者がゼロの年度こそ度々あっても、オーバーしたことはなかった。そのために志望者については形式的な面接が課せられた。面接の現場ではっきり関係単位を取得していないのはマズイという判断が示された。これは道子の場合も同じであったことが後でわかった。そんなことが志望規定にあるのなら見せて欲しいと島野は食い下がったが、判断が覆るはずもなかった。大体そうした規定があるはずがないことははっきりしていた。

二人とも国史学科では大歓迎を受けた。研究室へ初めて顔を出した時、教授自らが満面の微笑を浮かべて、「よく来てくれましたね」と言った。この年国史学科に志望者がなかったのである。それはよかったのだが、コンパなどがあると、二人は養子縁組で来たなどと上級生からからかわれた。

社会学科が定員オーバーになるという前代未聞のことが起こったのは、まちがいなく安保闘争の煽りというべきものであった。たしかに安保は大事件であった。事件はそのために後々まで尾を引く罪作りをした。安保のために、見なくていい光景を見、聞かなくていい話を聞き、経験しなければそれに越したことがない人間不信まで経験した。マイナス面だけを並べ立てればこうなった。

「六月十五日、樺美智子さんのことがあったでしょ。十八日、駒場も本郷もストに入った。これに合わせて授業を貰いに行ったわけね。別に行かなくてもいいんだけど、担任だったしね。そうしたら何と言われたと思う。本学は駒場じゃないんだ。駒場なら何をしたって、就職の面接の時に、もうしませんと言えば無かったことになるんだ。ここはそうはいかんよ。確実に就職できないよ。そんなわけにはいかんだろう。――担任にそう言われたのよ。何だか話の接ぎ穂がなくなっちゃって、そうですかとも言わずに引き下がって来たわけよ。彼は授業中に、自分は朝起きるとシェイクスピアの詩篇を読む。新聞なんかは読まない。新聞は愚劣だ。そう言ったのよ。あたしは何だか尊敬したんだわ。俗物でない生き方がそこにあると思ったのよ。そんなのあっていいでしょ。それが、どういった回路を通って、本学は駒場じゃないんだ、になっちゃったのか。どう頭をひねっても出て来ないのよ」

教養部自治会の委員であった相澤道子は、二人で生協の喫茶室でお茶を喫んでいた時にそんなことを言ったことがあった。過去の経験がそっくり島野と重なっていたために、たまたま政治の季節に話が及んだのである。

道子は全学集会でも発言を求め、さっと立ってかなり長い発言をした。それは、普通の学生では考えられない落ち着きと言い廻しにキャリアが感じられ、女子学生の活動家は珍しかったために特別目立った。島野などから見ると、道子の生い立ちが違って見えた。社会党の代議士の娘らしいといった噂を聞くこともあった。そのうち道子は自治会委員になった。執行委員に加わらなかったことも島野には眩しく感じられた。いつもトレードマークの白い帽子を被り、普段はポカンとした表情を見せることがあった。

島野の政治の季節は道子のコースとは違っていた。寮の同室に医学部委員長のOがいた。彼は他大学の理学部から一浪して医学部に入って来ていて、島野の三つ上であった。

「嫌んなっちゃってさ、やはり学生は勉強が本分だと言うのね。昨日までの、学生は革命に奉仕しなければいかん、勉強なんてとんでもない、日和見主義もいいとこだ、が今朝になったらひっくり返ったのよ。日和見主義っていうのは裏切りということだからね、それが今朝になったらそれで行けというわけよ。今さら頭の切り替えなんてできないでしょ。一年生の僕でさえ抵抗があったんだ。革命を信じて大学なんてロクに出ないでやって来た上級生の中には大学をやめて行った人がいたさ。当然だろう。今更無理だもの。僕の場合は、父親が医者だったのならば、医者を継げ。それが革命に奉仕する道だということになった」

Oは酔っぱらって帰寮した時などに、新米の島野をつかまえてよくこうした話をした。それは愚痴とも、痛快談とも島野には聞こえ、内容についてはさっぱりわからなかったが、そうした経歴を持つOに対して何処かで一目置きたい気持があった。

Oは苦学生であった。家庭教師を二つもこなし、母親の不定期の僅かな送金が彼の学生生活を支えていた。Oはそうしたかつかつの資金で、銭湯に誘った島野を屋台へ連れて行ったりした。銭湯近くの用水路を背にして何軒かの屋台が並び、Oが潜る屋台はいつも決まっていた。

「インテリジェンスね、インテリジェンス」

Oは屋台の女主人をつかまえると最初に必ずそう言った。彼女は川端康成などの小説をよく読んでいて、ろくに小説など読んでいなかった島野より文学にはるかに詳しかった。屋台はドロリとしたホルモンをジンギスカン鍋に乗せぼうぼうと煙を立てながら焼いてくれた。浴衣掛けで風呂上がりの若い夫婦が立ち寄ることもあれば、やはり風呂上がりの中年の男が、ホルモンを二度も注文してさっさと帰って行ったりした。

小用を足したくなれば、屋台を出て裏の用水路を前に立てばよかった。誰に見られることもないので気兼ねがなかった。二人はよくそうして並んで暗闇の水路に向かって放尿した。

「太古からいいもんだねえ。どうか星達よ、汝のその美しいまばたきを暫し止めてくれ」

一杯機嫌のOはそんなことを言いながら、又屋台に戻って飲み直すのであった。

「インテリジェンス、インテリジェンス。こうした屋台のインテリジェンスなんてざらにはいないよ。勿体ない話だあ。ね、ね、そうでしょ」

言われた彼女の方は窮して身の置き所がなくなり、島野に対して恨めし気な表情を見せたりした。

六月二十四日の樺美智子葬は、学内に於ける全学抗議集会の後デモに移った。集会は教養部自治会が主催であったが、医学部自治会委員長のOも挨拶した。島野はこうした集会に於けるOの発言を初めて聞いた。Oの発言には、所謂自治会用語がなかった。それでさ、と言う所を、それでね、と言ってちょっとしたことを話した。格子のスポーツシャツにチョッキのスタイルであった。一向にぶる所のない、素のままの感じで、毎朝ぎりぎりにしか部屋を出ないために、バス停のバスを「おーい、おーい」と声を張り上げながら追いかけるスタイルと変らなかった。泰然自若とした所はないが、何処かで子供子供した性質があるのをつき合いのあった寮生は好いていた。

デモの先頭は樺美智子の遺影を持つKであった。KはOが浪人中からつき合っていた女性であり、医学部自治会の書記長であった。細身で小柄な彼女に島野は一度だけ会ったことがあった。Oが寮へ連れて来たのである。

「僕ちょっと飯食って来るよ。話してて」

Oはそう言って二人を残して部屋を出て行った。Oの配慮であることはよくわかったが、島野はこの未知の女子学生と何を話していいのかわからず、対座したまま黙っていると、彼女の方から話しかけてきた。

「男の人はいつもどんなことを話しているのかしら」

これにも島野は答えられずに困った。

島野は仕方がないので田舎から送って来たかき餅がブリキの罐にあったのを思い出して罐ごと彼女の前へ差し出すと、彼女はつまんだ一枚をパリッと折って口に運んだ。

「あっ、これは懐かしいわ。田舎の味。あたしにも田舎があったのよ。母の里。もう母はいないけれど」

これを彼女はすらすら言ったわけではなかった。言葉を選びながら、少しずつ、言葉を小出しにする感じで話した。島野はOの彼女であるという前に、彼女自身に心がほどけて行くような感じを持った。

賑やかな靴音を轟かせて、間もなくOが食堂から戻って来ると、二人は走るように部屋を出て行った。彼女も女子寮にいて、門限が早いものだから、あまり夜は会えないのだとOは言っていた。

六月十五日の夜は、島野にしても徹夜同然で机に向かい、原稿用紙三枚の詩を書いた。詩は直情的で、戦後における、自分のいたいけな妹の死を認めたくない、といったレベルで、一人の女子学生の死を認めたくないというモチーフであったから、センチメンタリズムもいい所であったが精いっぱいのところであった。島野は原稿用紙三枚に何とか文字をうずめると、それで大仕事をしたつもりになり、いつもは退職した事務官が電話番をするために詰めている事務室の黒板に鋲で止めて貼り出した。その幼稚な詩は、その日も、その翌日も、その又翌日も、島野が自ら引き取るまで剝がされずに黒板にあった。しかし誰からも島野は感想を言われたことはなかった。文学青年は寮に一人や二人ではなかったにもかかわらず。

樺美智子のデモ解散の後、偶然教養部自治会の書記長Nと一緒になった。島野の外にも二、三人の学生がいた。何となく、解散して終りにならず、現場でぐずぐずしていて踏ん切りのつかない者だけが残るかたちになった。

「蕎麦食いに行こう」

Nがそう言って島野達と向き合った。

「蕎麦、か」

島野はそんな感じでNの誘いを反芻したが、とにかくNの後について行くことにして歩き出した。

蕎麦屋はすぐ近くにあった。入ってみると、間口が狭く奥が深い町屋風の建物で、彼等はガタガタと椅子を引いててんでにすわった。

「此処は笊が旨いんだ。皆んな笊でいくね」

Nは医学部から出ていた。委員長も医学部から出ていたが、二人のタイプは違っていた。Nのタイプは対人ということでは垣根を作らなかった。作らなかったというより、作ることを知らなかったと言った方が当たっているのかもしれなかった。その分委員長よりくだけた所があり、人気があった。話し方にもそれがよく現われ、自分が解かるようにNは人にも話した。

こんなふうに、ずいと蕎麦屋へ入って一息ついている学生を見るのは島野には珍しかった。島野にしても、寮近くの寮生がよく利用するうどん屋へ入ってきつねうどんの大盛りを注文したりしたが、これは、背に腹は替えられぬということで入るので、どうでもいいことではなかった。

「素うどん一つ」

そう言って閉店間際に入って来てうどんを注文するのは、Oによれば物理学の教授であるということであった。官舎が近くにあったのである。彼はうどんをゆっくり食い終ると、もう一度次のように言うのであった。

「素うどんもう一つ」

大体、蕎麦屋に入って、食っても食わなくてもいいような蕎麦を注文して椅子にひっくり返っている男達の姿は、少なくとも島野に親しい姿ではなかった。そういった、何処かで陳《ひ》ねた大人のような、隠居爺のような印象を島野はNに重ねて落ち着かなかった。

蕎麦が来ると、Nはざあざあと音を立てて蕎麦を口の中へかき込んだ。そしてあっという間に平げた。

「今日はこれでよすか」

Nはそう言って皆んなを見廻した。

それは、蕎麦の追加注文をして二つも食うことがあるという習慣の現われと見えた。実際この程度の笊蕎麦なら、二つぐらい平げることは島野にもできるだろう。

蕎麦が終るのを待つようにして、Nはこれからが大事になるだろうと言った。新安保の自然成立、批准書交換までのスケジュールは、議会の枠内だけの闘いがいかに茶番であるかを示していて、これからの戦術はそうした屈辱と敗北を必ずふまえなければ不毛なのだと言った。その意味では、これからの寒い政治の季節こそ運動の正念場であり、真価が問われて行くのだと言った。

「明朝又会おう。僕はきっと公園下へ出る。しかし早朝はきついな」

島野に異議があるわけではなかった。ただ、Nのように、第一に実力阻止主義を提唱して来た執行部に、寒い政治の季節を生きるどんな戦術があるのかは見物だと思った。

蕎麦屋を出る時、勘定を支払おうとするとNは即座に手を振って制した。

「あ、それはいいんだ」

「？」

「いいんだよ。だからいいんだ」

明朝公園下のビラ撒きに出ることは、今日の先の抗議集会の時に島野は決めていた。ビラ撒きの場所は、電車駅や車庫やターミナルのある所と決まっていた。公園下は島野が利用する市電の停車駅で、公園に口を開けている大学正門から構内へ入る学生は皆その駅で降りた。平穏ではあるが、市民の往来もラッシュとなるとかなりあった。場所的には、通勤者や学生だけが利用するポイントではなかったから、早朝の散歩を楽しむために公園を目指す市民の姿も見受けられた。

その日、島野は食堂の朝食も摂らずにたった一人寮を抜け出すと、電車の始発駅までの十五分程を歩き、始発の電車に乗って公園下へ向かった。乗客はパラパラとしかいなかった。ビラは昨日渡されていたものであった。

ビラには、「ゼロ作戦の敗北、六・一九の教訓とは何か」という活字が躍っていた。「十八日、国会周辺は三十三万人のデモ隊の波で埋め尽くされた。学生、労働者、サラリーマン、一般市民、その他その他。十九日午前零時、新安保は自然成立した。この間、学生、労働者、地方代表からなる四万のデモ隊は、徹夜で首相官邸を取り囲み、すわり込みを続けた。彼等は一声も発せず、こぶしを握りしめてふるえていた。怒りは次第に嗚咽に変った。いったいどうしたというのだ。おかしいではないか。この怒りの矛先を何処に向けたらいいのか。空前絶後のエネルギーを無効にしたのは誰か。明らかなことは、何処かが間違っていたのだということ。六・一九を葬り去れ。われわれは歴史的犯罪者を容赦なく糾弾していくであろう。それが樺美智子の死に報いる唯一の方途であると信じて――」

島野はビラを持って辺りを見廻した。公園の坂道の端に立って、長い髪をかき上げかき上げしながらビラを配っている一人の眼鏡をかけた学生がいた。彼の眼鏡がキラりと光った。おそらく彼はその時島野を認めたのだろうと島野は思った。島野は彼を知らなかった。公園下へきっと行く、と言っていた書記長Nの姿は無かった。自治会執行部のメンバーは誰も来ていなかった。島野は三十分程もビラを撒いた。島野が撒き終った時、道の反対側の公園の坂道の端に立っていた学生の姿はなかった。島野より先に来ていて撒いていたために、彼は既に引き揚げたのだろうと島野は勝手に思った。しかし島野は、何故か彼のことを記憶にとどめておこうと思った。いつまでも。そしてそれが、島野の短かかった政治の季節の結着ともなった。

寮ではその後部屋替え等があり、役員は四月改選のままであったが、島野とOは別々の部屋になった。お互いの相棒の許可を得て又同室になることもむろん考えられたが、相棒によっては面倒なケースもあり、Oの方から島野にどうするかの打診もなかった。たまたまOが不在の時くじ引きがあり、Oは附属高校の厩舎に隣接していた部屋から二階へ移って行った。

「臭いぞう。夏場はもっとこたえるさ」

寮生から馬小舎と恐れられていた部屋をくじで引き当てた時、島野は周囲から同情された。その時、Oは前回のくじで馬小舎を引き当て、移るのが面倒だと言って居すわっていたために、島野を迎えるかたちで同室になったのである。Oはそれから暫くすると、同室の学生とトラブルになり、同室の学生が暴力を振るったのだと言って退寮してしまった。

それから大分して、KからOの居場所を知らないかという電話が島野にかかって来た。島野は知らなかった。しかし調べる術はあった。郵便物等の転送先を事務室はつかんでいるはずだと考えたのである。

「いったいどうしたんです。連絡がないんですか」

「ええ。何だかちょっと――」

「いいですよ。わかったら知らせますよ。しかし転居先ぐらい言わないかなあ」

「そう思いますか」

「思います」

Oの借りていた家の所番地はすぐにわかり、島野はまず確認のために午前中一人で訪ねて行った。

「Oさんいますか」

「いますですよ。二階です。どうぞ上がって行きまっし」

玄関に出て来た下宿屋の老女と島野はそんなやりとりをして、玄関からすぐについている狭い階段を旧知の如くトントンと上がって行った。

Oは部屋いっぱいに敷きっぱなしの布団に身体を埋ずめ、顔だけ出したままで言った。

「やあ」

Oは疲れているな、島野は何となく彼の気弱な受け答えに接してそう思った。そこに寝ているのはOではなかった。もっと言えば、島野の知らないOの姿がそこにあった。これがOであるならば、どんな場合でもそれまでのOは偽者であった。

「Kさんが心配していたから連れて来るよ」

これに対してOは答えなかったが、島野はその足で取って返し、Kと連絡を取り、折り返しKを連れて再びOの下宿屋を訪ねた。

島野は下宿屋の二階へ向かって叫んだ。

「Oさーん、Kさんを連れて来たよ。僕はこれで帰るからね」

Kは何事もなかったかのように、島野の方を振り返らずに階段をトントンと上がって行った。

Oが転居先も島野に知らせずに退寮して行ったこと。しかしこれは、退寮の仕方が急であったから仕方がないとしても、Kにも自分の居所を知らせていなかったとなると明らかに変であった。

島野はOの内面を知ることはできなかった。ただこの場合の非はOにある。Oはこの非を何かにかこつけて説明してはいけないだろう。そして、あの激しかった政治の季節から確実に時間が流れたのだ、といったことを島野は元来た道を引き返しながら何となく思わざるを得なかった。

三年の後期に入って間なしに島野は助手から奇妙な質問を受けた。

「相澤道子の消息を知ってるかい。何だか芳しからぬ噂を聞くんだが」

「と言いますと」

「子供が出来たとか何とか」

「まさか、それはないでしょう」

と島野は言ってみたものの、自信があるわけではなかった。彼女はどうしているのか、その私生活について島野は全く知らなかった。しかし彼女は、満を持して卒論に向き合っているはずであった。彼女の卒論のテーマが、今後研究室へ詰めなければ見えてこないものではなかったし、専ら何本かの論文を読むことが第一義のはずで、後期になったら、研究室への義理は欠いてもいいのではないかと島野は彼女に伝えていた。そして、不都合があったら助手の力を借りるとも伝えていた。彼女は一念発起して家からの送金を拒否していたからであった。それが今次のたたかいの自分なりの決着であると。彼女はそのために、有利な働き口があったら働かなければならなかった。どんな働き口でも、多分選ぶ余裕はなかった。

島野は相澤道子のそういった生活の激変は甘いものではないと思った。それだけに、彼女は生活を切り詰め、自分も切り詰めなければならなかった。そんな彼女が、秒読みに入った目先の卒業を見失うはずがない。

「大丈夫か」

堅実と心配症で人の好い助手は重ねて聞いてきた。

「相澤はもう少し利口ですよ。安心下さい」

「そうか、それならいいんだが、教授も心配してたもんだから」

正月が明けて帰寮してみると、機械科の男が待ち構えていたように島野をつかまえて言った。

「Yがいないんだよ。探してるんだ。失踪ではない。失踪する理由が全くないからだ。女だと思う。女はわかっている。いろいろ尋ねるんだが、いざとなると言わないね。一つだけ、我々も場所を知っているし、Yも言っていたから問い詰めると、やっとそうではないかと言う。墓地だ。すぐそこの野田山だよ。よく散歩に行ったと言うんだ。それで今から手分けして探すことにしたんだ。何しろ墓地は広いからな。見当もつかん。両親も出て来てるんだ。我々の科は全員出ることにした。君も協力してくれないか。何ということだろうね、就職も決まっていたというのに。一つ頼むよ」

島野はYを知っていた。島野の高校時代から懇意にしていた友人の下宿と、Yの寮が近かったために、一度友人に連れられてYを訪ねたことがあった。友人もそうであったが、Yもいくつか同級生より年をくっていて、会ってみると初対面ではないような挨拶を返されて島野はまごついた。眼鏡の奥の子供のように澄んだ目が印象的で、人なつっこい感じがした。

友人とは一度や二度のつき合いではなく、彼等は酒を飲みに行ったこともあり、Y

は紫苑のママに熱を上げているのだと言った。喫茶店の紫苑は学生の間でよく知られていて、島野もたまに行くことはあったのだが、行って、この話を聞いた後でもママなりを思い出して関心を持ったことなどは一度もなかった。そもそも喫茶店のママと個人的につき合うということ自体、何処か酔狂で、真面目すぎて島野は持て余した。

Yとは寮のYの部屋で雑談をした。部屋は意外と片付いていた。むしろ部屋には何も無かったといってよい。

「僕はロマンロランは全部好きだな」

Yはそんなことを言った。そしてそれはそれだけのことであったのだが、彼にしてみれば大真面目であったのかもしれなかった。多分そうした単純さが受けて、Yはさして活発でもないばらばらの工学部自治会の纏め役をまかされていたのだという。

島野はすぐに友人と連絡を取り、彼には寮まで来てもらい、連れ立って墓地へ入った。墓地の入口からかなりの雪道を歩かなければならなかった。機械科の連中とおぼしき学生達の姿があちこちにあった。どうやら彼等は、道をはさんで両方に分かれ、下から上へ探して行こうという算段であるかに見えた。

後から入山した島野達は、彼等の後についても仕方がないと思い、彼等を追い越すと更地に入った。雪は深い所では一メートルはあり、無い所では五〇センチも無かった。しかし島野達は何処を探していいのかさっぱり見当がつかなかった。墓地の入口で渡された長い鉄の棒を何処へ刺していいのかも要領を得なかった。死者への当たりといっても顔を突いてしまったらそれこそおしまいだ。墓地は裸の山ではなかったから、杉木立の混んでいる場所等は意外と積雪がなかったのである。

深山に声一つなかった。大勢の人達が捜索に入っているはずなのに。彼等は自分の呼吸に聞き耳を立てるかのようにして、黙々と捜索を展開していた。かすかに雪を踏む音だけがあちらこちらでした。夜来の新雪ははっきりわかり、その下の雪は粗目状になって固まっていた。水雪が薄く降り続けた。そのために彼等の防寒具はずぶ濡れになった。

島野達が山に入って半時もすると、ずっと下の方で複数の男達の声がした。声の調子からして遺体発見の報にまちがいなかった。

「皆さん降りて来て下さーい。皆さん降りて来て下さーい」

二度にわたるその声を合図に、入山していた人達は静かに真ん中の墓地道に集まり、前を降りて行く人の後について少しずつ山を降り始めた。

Yの遺体は、ほとんど墓地の入口附近で発見された。これはひどく意外なことのように島野には思われた。遺体を遠まきに人垣が出来た。

遺体のすぐ近くに立って、空になったウイスキーの小瓶を取り上げ、「ウイスキーを飲んでいます」と言い、もう一個のやはり遺体の側にあった瓶を取り上げ「薬を飲んでいます」と言い、落ちていた手帳をへぐように捲って「タミエ、タミエと書いてあります」と言ったのは、後の挨拶を受けてわかったのだがYの父であった。彼は、やや小柄で華奢であったYにくらべると、体格も声も大きかった。この父親が、Yが帰省すると待ち構えていたように連れ立って酒飲みに行ったんだな、ということを島野はちらっと思った。Yの評判として、前に友人から聞かされていたからであった。父親と息子が連れ立って酒飲みに行く、ということは、島野にしても、そしておそらく友人にしても無かった。

遺体は余程小さくなって浅い雪の上にくの字になって倒れていた。Yのかけていた黒縁の眼鏡は彼の顔の位置より驚くほど離れた所にあった。見たところ、Yはやっと此処まで来て力尽きた格好で倒れていた。人事不省になるまで何処かで酒を飲んで、やっと此処までたどり着くと、ウイスキーで大量の睡眠薬を飲んだことが考えられた。

父親とは離れた所に、一人のショールを纏った婦人が身じろぎもしないで立っていた。Yの母親であることはまちがいなかった。彼女は細身で白い顔をしていた。Yに似ていると思った。

Yの顔は蠟そっくりの色をしていた。それはYであってもYではなかった。Yとは何か別の遺物、モノのようにしか見ることができなかった。全体の身体にしても、それはYの身体ではなかった。皮靴を履き、学生服の上に白い薄いジャンパーを着て倒れているYの遺体は、あまりにも小さく、何か黒っぽくて小さなモノが其処に捨てられているような錯覚を島野に与えた。

白いショールに深々と顔を埋ずめた母親は、一瞬たりとも遺体から目を離さなかったが、その眼差しは、何か他人行儀で、人の陰から遠い所を見ているようで力がなかった。其処にある遺体が自分の息子であるということが、到底信じられないままでいることの証拠と考えられた。彼女は、其処に、もし息子を証明するかけらの一片でもあれば駆け寄って取りすがったかもしれない。彼女の眼差しはますます遺体を拒否して、あらぬ方向に浮遊している如くであった。しかし彼女の立っている姿勢そのものは微動だにしなかった。杉木立の間を、水雪が薄く流れる景色の中にあって、彼女はいつまでも立ち続けたのである。

一人の警察官が雪をかき分けて登って来た。誰かが呼びに行ったのである。もう遺体発見からだいぶ時間が経っていた。彼は検視に慣れていなかったために、自ら処理するつもりはなく、手帳に何を書きつけていいのかわからなかった。

「睡眠薬を飲んでいます」

父親は皆んなを前にして言ったことと同じことを警察官に言った。

警察官は手帳に何かを書きつけた。

「それでいつ頃睡眠薬を飲んだですか」

「いつ頃?」

「日付です」

「わからんですよ、そんなこと」

父親は警察官を侮蔑するような調子で言った。

そのうち担架が運ばれて来た。

「山から降ろしますからね、もういいでしょう」

父親はこれも強い調子で警察官を叱りつけるように言った。

Yの遺体は何人もの学生に支えられて下山して行った。踏み分け道はずっと下までついていたけれど、担架を持つ人達は、道の両脇を歩かなければならず、雪の中を転ぶように担架につながって下山して行った。

「慌てるな！　ゆっくりゆっくり！」

といった、怒声とも警告ともつかぬ掛け声をともなって、若者の一団が山を降りて行った。他の学生達も彼等の後を追った。Yの母親が、彼等に混じっていつ山を降りて行ったのかはわからなかった。

「野犬に食われなくてまだよかったよ」

最後まで残ることになった警察官は、ぶつぶつと低い声でそんなことを言った。

四年になると相澤道子は久し振りで研究室に顔を出した。これは、卒論の構想などを一度担当教官に中間報告しなければならないという、いわば卒業予定者に課せられた恒例の行事の一つとしてあった。彼女は持参した資料を古くさい模様の風呂敷に包み、例によってポカンとした表情で現われた。島野はそういう彼女を懐かしく思い、彼女の私生活が順調で破綻のないものであることを信じた。

彼女は面談を済ませて教授室から出て来ると、研究室で島野と話し込んだ。

「あたしね、ずっと羽咋にいるのよ」

「羽咋？」

「そう、土建屋に住み込みで家庭教師やってるの。性質はいいんだけど、成績のパッとしない男の子がいてね。知り合いに頼まれたのよ。男の子が学校へ行ってる間はあたしも暇でしょう。卒論とのんびり向き合えるし、気が向いたら炊事も手伝うよ。奥さん入退院繰り返して体が弱いのね。充実してるよ。だから心配しないで。もっと暖かくなったら訪ねて来てよ。海が近いから海水浴もできるよ。アカシアの花の季節もいいけれど、海水浴なら夏ね。海はずっと沖の方まで遠浅で、いっぱい蛤も獲れるという話よ。何でも足を入れただけで足裏に蛤が当たるんだって」

道子はそんなことを一気にまくしたてた。

彼女は生き生きとした表情をしていたし、住み込み生活等ということがどんなものであるのか見当がつかなかったが、持ち前のあっけらかんとした感性をアンテナにして、本当は鬱陶しい出来事にも何なく対処してすましているにちがいないと島野は考えた。

「きっと羽咋に来てね。部屋はいくつもあるから宿泊ＯＫね。何日もいてくれて卒論でも書いたら。従業員の食堂もあるし、家族もそこで食べているから遠慮なんか要らないわ」

道子は男の子が学校から帰った時にいてやりたいからこれから真っ直ぐに羽咋へ帰るのだと言った。そして実家へはもうこれで一年以上も帰省していないのだと言った。

道子は羽咋の住所と電話番号を書いた紙片を島野に渡した。そして、電話をくれれば駅へ迎えに行くと言った。彼は一度は道子を訪ねてもいいと思いながら、いずれにしても夏場がいいだろうと考え、そのうちに羽咋行のことなど忘れてしまった。

新たに入寮して来た数名の寮生の中には、従来の寮生のタイプとは全くかけ離れた一群の学生達がいた。彼等はきちんと靴を磨き、散髪なども早目に床屋へ行ってさっぱりした風采をしていた。日曜日には洗濯機が朝からフル回転した。

一人の怠学寮生をめぐって、寮生全員が動いたことがあった。彼は、アウトの年に落第必至となり、自身もそのことを公言して憚らず、自暴自棄になって飲酒に溺れていた。ただ彼は人が好かった。足に障害があり、杖をついていたから、彼が深夜になって帰寮した時は、廊下を歩くコットン、コットンという音の響きでいっぺんにわかった。彼はそのまま同学年の親しい学生の部屋に上がり込み、いつまでも管を巻いた。この場合、相手をした学生はまだ我慢できるとしても、同室の寮生はたまったものではなかった。まだいろいろあって、彼の郷里へ連絡を入れることになった。駆けつけたのは彼の美しい姉であった。彼に両親がいなかったことは大概の寮生は承知していたのだが、現実に姉一人が参上するに及んで空気は一変した。

とにかくあらゆる手を尽くして、寮生は関係部署に掛け合った。それで、再試をいくつも取って来た。これに断固反対する教師は一人もいなかった。それからというもの、彼を個室に移し、必ず誰かがついて勉強の面倒を見た。寮生は文理さまざまにいたから、教科指導に不足を来すことはなかった。ドイツ語講読については、文系の秀才達が動員された。ことは微笑ましく、センチメンタルでもあった。当の怠学学生は、結局半年遅れて卒業するのだが、彼の世話をした学生のほとんどは、そうした彼の卒業を見届けることなく卒業して行った。

新入寮生の中には、Oとトラブルになった寮生と結び付く者があった。彼等は暫くすると、他の大規模寮と同じように、アトラクション付きの寮祭をやりたがり、寮生大会で決議を取ってダンスパーティを組織したりした。毎日毎日魚市場まで出掛けて旬の魚を仕入れ、季節になると、大振りの秋刀魚の焼いたのを二尾ずつ食わせてくれた炊事の賄い夫に無理矢理酒を飲ませ、彼の十八番の都々逸の一つも聞く、といった感謝祭は何処かへ吹っ飛んでしまった。ダンスパーティ当日は多くの女の子達が来た。中には近所の官舎の娘もいた。彼女はたまに一部の寮生にサンドイッチの差し入れをしていた。それは大きくもない一皿に盛り付けしたサンドイッチであったから、どれだけの寮生が分け前にありついたのかは怪しいものであった。

いずれにしても、そうした娘との交流は、従来の寮生のあり方からは考えられず、やはり今度のダンスパーティ組の押し出しに拠るものであった。他には、デパートの女の子、OL達も来ているということであった。彼女達の持つ雰囲気は、女子寮、看護学校寮から来ていた寮生の持つ雰囲気とは一見してちがうのですぐにわかった。食堂を片付けて即席のホールにしたのだから、床板の軋む音まで鳴り響くものすごい騒動が薄暗い色電球の下で展開されたのだが、ダンスに興じる連中にとってはむしろそれが心地よいリズムになった。男手も不足するだろうということで他の学生寮からも動員されていて、中にはなかなかの名手もいた。

彼等は酒もビールも飲まなかった。二時間きっかりダンスに興じると、蜘蛛の子を散らすように解散した。外人部隊は、バス等を利用して一人残らず引き揚げて行った。女子寮の門限に間に合わせるためには、佳境に入った段階での解散も計算尽くということなのであった。

島野は寮から研究室へ四十分もぶらぶらと歩いて通い続けた。終日寮にいるより、一日に何時間かを研究室で過ごすことの方が、気分転換にもなり、能率も上がった。研究室では、ほとんど助手と二人きりであったが、話すことは何もないので、彼はいつも自分の机に向かっていたし、島野はいくつも並べてくっつけてある学生用の机の一角を占領していた。他の研究室へ遊びに行くことがあったが、東洋史の研究室は大抵誰もいなかった。四年生は助手の寺へ召集されて、独身のためにたった一人で寺を切り盛りしている助手の手伝いをしながら合宿しているのだということであった。日当こそ出ないが、賄い付の合宿は下宿生活より快適さ、とうそぶいている学生もいた。

寮では同室の島根から来た男が難問をかかえこんで、島野をつかまえると離さなかった。彼の制服は町なかでも白衣であった。入学早々から生物学の研究室へ入りこんで、いっぱしの研究者を気取っていた。彼は家庭教師の相手の娘との将来について決着がつけられなかった。

「相手はキリスト教を捨てることはできないと言うんだ。それでおれにも洗礼を受けてくれと言うんだ。そんなもんかね。ちょっと虫がよすぎると思わないか。おれは一応仏教徒ということになっている。いい加減なもんだが。おれの方に合わせるということはできないもんだろうか」

「相手は君に絶対洗礼を受けて欲しいというの」

「これは家族ぐるみの希望として出て来たね」

彼は女の子の写真を島野にも見せた。ミッションの変った制服を着たおっとりした表情のもので、彼女の高校卒業記念写真の一枚であることがすぐにわかった。

「美人だね」

「うん」

次の日も又島野はつかまった。彼は島野の帰って来るのを待ち構えていたらしい。白衣は着たままだ。

「おれがクリスチャンになればそれでいいのかい。そうすれば何の障害もないんだな。

しかし本当にそれでうまくいくのかな」

「……」

「そうするとおれは、彼女のために入信することになるぞ。信仰を出しにしていいのかな。別々で行くのが何故悪いのかな」

「君は君のままで行くべきだよ。それが困るということになると、君と娘さんの関係も怪しいもんだね。だって何もかも捨てていいというのが本当ではないのかね」

彼はすわったままがっくり肩を落としていた。

一方で島野は罠のようなものを感じた。難題を持ち出して、相手は絶対に突破できないだろうと踏んでいるのではないか。狡猾な拒否である。

「娘さんは君とどうしても一緒になりたいと考えているんだろうか。彼女はまだ子供だろ」

彼は突然肩を震わせて泣き出した。眼鏡を外ずして何度も涙を拭った。

それから間もなく彼は卒論を書くんだと言って退寮して行った。だからそれから後の消息を島野は知らなかった。大学院は東京にしたということを風の便りに聞いた。

それは彼が女の子とのことがある前から言っていたことであった。

夏休みに帰省するかどうかは島野はまだ決めていなかった。寮も相棒が出て行ったので個室同然となり、気を使うことは一切なくなったのだが、寮にしても、研究室にしても、七月頃から猛烈に暑くなり、頭もぼんやりしてきて、机に向かう気持が萎えた。

卒論では信じられないトラブルをかかえ込む学生があった。一度彼の郷里へ行って、舟遊びをして夜を明かしたことがあった。地理専攻の学生については、島野はOを通じて彼の主治医に会った。島野にしては、全然面識のない医者に、ウイスキーの角瓶一本を持って早朝の出勤前に面会を求める等ということは大胆不敵な行動であったし、この際舟遊びの借りを返すつもりがあった。前もってOから電話連絡を受けていた担当医は、アパートの玄関でこころよく会ってくれた。

「心筋梗塞？　本人がそう言ってるのか。それで明日にでも命が危ないと思ってるというわけか。心臓弁膜だよ。長い観察が必要だがね。ちゃんと定期検診を受ければ、八十もまだも大丈夫」

島野は損をしたような気持になって彼のアパートを辞した。

「なあんだ。そういうことか。そういうことなら何でもなかったんだ。どうかしてたんだ」

彼はそう言って苦笑いをし、何度も頭を掻いた。

これを以て、彼の遺言も御破算となることが明らかになった。彼はつい数日前、ベッドの中から弱々しい声で、自分が持っているあれこれの本を島野に引き取って欲しいと言ったのだ。

「よせよせ、いい加減にしろ」

「いや、俺は頼んでいるんだから、俺の頼みを一つぐらいは聞いてくれてもいいではないか。君はいったい俺の言うことに賛成してくれたことがあっただろうか」

一瞬にして思い当たることがあった。樺美智子の死に至って、彼とはことごとに合同クラス討論で対立した。六・二四の樺美智子追悼デモに彼は参加しなかった。「参加しないのが俺一人であったとしても、俺はそれを思想とする」と言う彼の立場は梃子でも動かなかった。彼は言論をあくまで立て、暴力を徹底的に否定した。島野はそこにカラクリがあることを疑った。それは、大手新聞社七社の共同宣言にあったところの、「六月十五日夜の国会内外における流血事件は、その事の依ってきたる所以を別として、議会主義を危機に陥れる痛恨事であった」云々にも関係していた。「所以を別」とすることは絶対にできない。

島野は彼の持論を非暴力主義に重ねて見ることがあった。あれは、暴力に暴力を以て対峙することを知らない身分に自分を置いたものではなかったのか。裏返せば、祈りにしか解決の道はないと考えるようなものだ。祈りを信じることはわからないでもないが、祈りを武器とすることは、現実には死を以って武器とすることと同じだ。

島野は、今となっては取り消したいことがいっぱいあるような気がした。そういうことを含めて、人はいずれ疎遠になっていくものだ。島野は彼のために少し働いたが、それだけのことであった。多分、卒業後も行き来をすることはないだろう。もう充分飽きてしまったのだ。肚を立てることにも、振り返ることにも。

「この流された血の意味が、生半可な自己陶酔の中で前衛党の不在といったようなところにすりかえられたら、そこに出てくるものはふたたび旧態依然たる前衛意識でしかないだろう」

島野が親しんで来た哲学者のこうした文章は、もはや彼を衝き動かすものではなかった。急に色褪せて見え出したのである。「流された血の意味」「前衛党の不在」「すりかえ」「前衛意識」等々という言葉を、何度繰り返えせば気が済むというのだろう。これこそ、著者が続けて言うところの、「いく万の参加者の胸の中には、紙きれにかいたことばを聞こうとしているのではない」、の「紙きれにかいたことば」ではないのか。

島野はそうした文章を読むとぐったりと疲れた。そうした文章の中に自分を置く場所がない。もっとちがった場所があるはずだ。もっとちがった場所、しかしそれは、自分が自分の言葉でセットしたものでないかぎり、ぴったりくるものはないだろう。何かものを言うにしても、考えるにしても、行動するにしても。気がすすまないことであったら振り出しに戻ること。人生がまだまだあることを考えればこれが一番の近道だ。これを廻り道と考えるのは、人生が黄昏ている証拠である。その場合には、それこそ「紙切れにかいたことば」でも何でも、人目を気にしていたのでは間に合わないだろう。

暴政に圧殺されし若き魂よみがえらせん我等が怒り

島野はこの短歌をグラフ雑誌でみた。本郷キャンパスのいくつものタテカンの一つに黒々と貼り付けてあったのである。それは、時日的には、六・一五の翌日、十六日の騒然としたキャンパスのスナップであったのだが、彼が息を止めて見たのは、歌の作者が外ならぬ自分の大学の助教授であったからであった。

教養部における助教授の講義は、中国地震史とでもいうべきものと決まっていた。中国歴代王朝のいつ巨大地震が起きたのかを、地方誌から虱潰しに拾い出すものであったから、先が見えるものではなく、学生間ではすこぶる人気がなかった。彼に較べると、セポイの反乱や太平天国を民族主義の視点で解析する同じ東洋史科の教授の講座は大いに人気があり、こんなことは、教養部での単位取得の予備知識としてよく知られたことであった。

件のグラフ雑誌は寮の食堂にあった。

「なになに、圧殺？　虐殺とは言わないのか」

寮生の何人かが島野を取り囲んでいたのだが、中には助教授の名前を知っている者もいて勝手なことを言った。

「戦後彼は公職追放に遭ったんだろう。自分からは公職追放を叫んでいながら、学生の告発で自分の名前が追放名簿に載っていたというドジな話聞いたことあるよ」

島野は彼を教養部のキャンパスでたまに見かけた。彼は蝶ネクタイをしていた。このスタイルは、角刈りの頭髪と共に年間を通じて変らなかった。山岳部にいた学生が、うどん屋の娘と恋仲になり、親に大反対されて心中した時、彼は彼等のために墓を建てることを提案し、その立会人になったのだという話もあった。彼は山岳部の顧問をしていた。夏休みは山小屋に本を持ち込み、そこで一人籠もって調べものをしているらしいという噂は、蝶ネクタイのスタイルとごちゃごちゃになって喧伝されていた。彼はキャンパスを頭をやや傾けながら俯き加減で歩いていた。学生とすれ違ったりすると、眼鏡の奥の眼が恥ずかしそうにしばたくのがわかった。彼は微笑の表情をそれと意識することなく湛えていた。大店の出身である彼は、若い頃放蕩三昧を尽くしたのだという噂もあった。

島野はそういったことがらを思い出しながら、もう一度大学名と助教授という肩書きまできっちり墨書されているタテカンに見入った。そんなにいくつもないタテカンに、短歌一首という檄はそれだけでも目立った。もしかすると、こんな無防備な行動に出たのは、全国の数ある大学教師の中でも彼一人ではなかったか。そしてそう思うと、彼が途端に自分と同輩のように軽はずみで、一向に融通の利かない、シャイな人間のように慕われてくるのであった。

七月に入って、島野は相澤道子の白い帽子を何でもない時に思い浮かべることがあった。この季節は白い帽子の似合う季節である。それは道子の最も得意な、自信に満ちた季節であるということでもある。彼は道子をアカシアの林の中に置いて眺めることがあった。道子なら、樹間にハンモックを吊って、強い風のない日なら半日でも微睡み続けることができるにちがいない。

島野は道子に羽咋着が二〇時頃になるという手紙を出した。道子はそれに対して、必ず泊って行くように、尚これについては下宿の家族に通じておく、という内容の返事を寄越した。

羽咋はアカシアの花の季節がいいと言ったのは道子であった。しかしその季節はまだまだ寒い日があって避けたい気持が強かった。羽咋到着を夜にしたのは、単純な理由からであった。夜の九時以降ともなれば、道子は下宿の課業から解放されているだろうという推測ができた。

島野は一八時三〇分発の和倉行に乗ることにした。そうすれば羽咋へは二〇時前に着くことになるだろう。

彼は汽車待ちの時間の間に駅の中の軽食堂で飯を食い、腹拵えをした。羽咋に着き、夜遅くなってから空腹を覚えるのも嫌だったのである。道子が気儘にしているとはいえ、そこは他人の家であったし、彼はもっと気儘でいたいと思ったのだ。

和倉行の汽車はかなり混んでいた。丁度帰宅のラッシュアワーと重なった按配であった。彼はぎりぎりに飛び込んだためにすわることができず、開けっぱなしの車窓から入り込んで来る風に吹かれながら慣れない汽車に揺られることになった。彼は物珍しさもあったから、辺りをきょろきょろ見廻してみたが、汽車の乗客で騒いでいる者は一人もいなかった。そして駅へ着く度に乗客が降りるだけで、乗り込んで来る客は滅多になかった。特に津幡から北陸線と別れて能登路にさしかかると、各駅は寒村の駅にふさわしい様相を呈し、何処からでも出入りできるような開放的なたたずまいで、いずれもぽつんと寂しく建っていた。

彼はまだ暮色の中に展開する窓外をぼんやりと見るともなしに見ていた。宇ノ気、横山、高松、免田、宝達、敷浪、と来て、彼は少し疲れ、少し羽咋行を決行したことを後悔し始めていた。いったい、道子と会って、何を話そうとしているのだろう。もう一つは、道子が何故島野に出て来いと言ったのだろう、といったことが、彼の頭の中で整理されないままで浮遊している感じがし、落ち着かなかった。

島野はこれまでに異性とつき合ったことはなかった。寮で荷物を解いてすぐ、その日は同じ新入寮生と空部屋で一泊したのだったが、土木科へ一浪して入学して来た彼は、村の生活でも、彼が働き、母を支え、二人の妹の面倒を見てきたのだと言った。だからアルバイトをして家へ送金しなければならないのだと言った。こういう経歴の男には異性とは縁がないものと思ってきたが、四年になって後一年を残して退寮することになり、彼が荷物をまとめていた時には女の子がぴたりと付き添っていた。彼は彼女を紹介した。

「俺のリーべだ」

突然だったので、島野は仰け反るようにして彼の紹介を受けた。

そこには強引な彼の意志があり、彼等の関係の自己完結のようなものがあった。他者を受け付けないような素振りは妙に島野には気になったが、OとKとの関係とは、又違う関係もあるのだということを理解した。

道子は駅の改札口へ来ていた。白い帽子を被っていたので島野はいっぺんにわかった。島野が改札口を出るとすぐ道子は千里浜へ行こうと言った。日はとっぷりと暮れていた。

「夜だぜ」

「あら、そこがいいのよ。どんなに暗くても、波の明かりがあるから」

「波の明かり？」

「そうよ、波にも明かりがあるんだわ。あそこはずっと沖合まで遠浅でしょう。波は沖合から明かりを連れて来るのよ」

道子は独り言のようにしてそんなことを言った。

彼等は夜道をぶらぶら歩きに長い間歩いて海岸に出た。道子の言う通り、白い幾筋もの波頭が、横へ列になって沖合から寄せて来ているのがわかった。しかしそれは、明かりと言うようなものではなく、広大な闇の中から、地べたを這うようにして押し寄せる不思議な生き物の感じが彼にはした。闇の中でそこだけが生きている。たしかに、静かに、音もなく海は生きている。

彼等は靴を脱いで渚を歩いた。砂地は硬く、少しぐらい海の方へ外れて入って行っても、ほとんど水は踝を越さなかった。

「蛤があるかもしれないよ。ほら、こうして探すのよ」

道子は足を砂地に突き立てるようにしてぐるぐる動かして見せると、島野にも催促した。

「たくさん獲れたら、明日味噌汁にするね」

道子は弾んだ声でそう言うと、ぐいぐいと沖に向かって歩き始めた。

「おいおい、大丈夫か」

「大丈夫よ。濡れたらそのまま泳いでしまえばいい」

島野はズボンをたくし上げて道子の後を追った。水は膝の辺まで来るようになり、ちょっと大き目の波がくると、たくし上げたズボンまで濡らした。

島野は途方に暮れて何度も大声で道子を呼んだ。

道子が戻って来た。

「たまに大きい波が来るね。下着が濡れたわ」

島野は黙っていた。

道子は跳ねるように渚に戻って行くと、間もなく白い肢体をゆっくりゆっくり沖の方へ運んで行った。道子の姿が沖合で突然消えたのは、彼女がそこで泳ぎ始めたことが考えられた。

朝になってみると、従業員宿舎はアカシアの林の中にあった。従業員が長期に出張しているとかで、島野は彼等の宿舎の二階の大部屋に、一人大の字になって寝そべることができた。彼にとって大部屋は懐かしく、田舎家の高い天井と共に、彼の郷愁を思いがけなくくすぐるものとなった。千里浜から帰って、道子と飲んだビールの酔いも手伝い、昨夜は煎餅布団に吸い込まれるように眠りに落ち込んで行ったのであった。

彼はカーテンを引き、朝の光を胸いっぱいに吸い込んだ。朝の光はキラキラして、窓の外を浮遊するかのように流れている気がした。それは、光が、アカシアのこまかい葉を通して来るためと、絶え間ない海からの風が織りなす模様のように感じられた。彼は、こうした朝の空気を吸えただけでも至福の時と思い、今どうして自分がここにいるのかを改めて思った。

多分、こうしたことが再びあるのかもしれないし、ないのかもしれない。そこは本当にわからなかったが、道子がちょっと背伸びをし、島野も背伸びをした。これがなかったら何も無かった。彼はそんなことも考えながら、今自分が不思議な時間の中にいるのだということをしみじみと思った。

　昨夜、道子と、下宿家の目のくりくりした小学生の男の子をまじえ、台所の広いテーブルをはさんで何を話したのかはあまり覚えていなかった。道子の話がどうかすると男の子を中心としたものに片寄って行ったこともあり、話題が島野と道子に共通したものになることはなかった。台所に従来から流れている空気が、島野が一枚加わることによってどうにかなるものでないことが次第にわかってくると、彼は流れを無理に自分に引きつけようとは思わなかった。彼は道子と男の子との間に、家族の真似事のようなものがあるのを見た。しかしそれは、道子があくまで男の子の家族の一員ではないと考えるところから来るもので、家族と考えてしまえば、真似事でも何でもなかった。道子は静かな落ち着きと、快活な笑いを交えながら、キャンパスで見せる表情とはまるでちがった表情を見せた。

　道子が宿舎の下に来て、外から島野を呼んだ。彼は広い階段を降りて行った。道子の後について昨夜話し込んだ母屋の台所へ入って行くと、そこには髯面の作業服を着た中年男が椅子にすわっていた。

「やあいらっしゃい」

男は顔つきと似つかぬ親しみのある美しい声で島野に挨拶した。

「ここの社長さん。迎え酒だって」

道子がそう言って彼を紹介した。

彼の前のテーブルの上には一升瓶がドンと置いてあり、彼はそれを片手でつかんでドドッとコップに注ぐと一気に飲み干した。

「二日酔いにはこれが一番いいんでね。どうぞごゆっくり」

彼はそう言うと、台所の勝手口から乱暴に外へ出て行った。男の子は学校へ行ったのかいなかった。病弱だという社長夫人の姿も島野は見かけたことがなかった。入院中なのかもしれなかった。

彼は九時頃に、もう一泊したらと言う道子の誘いを断って一緒に彼女の下宿家を出た。彼女は駅へ着くとこんなことを言った。

「後、会えるとすると卒論の時になるかしら。しかしこれは面接がばらばらだから会えないかもしれない。卒業式には出るつもりがないから、案外これが最後になるかもしれないね」

その後、島野は道子と会うことがなかった。実に五十年間、彼等は会わなかった。

当の道子も、あの時、そんなことを念頭に置いて別離を言ったのではないだろうと彼は考えることがあった。

友人と羽咋に着いたのは正午に近かった。まずは展覧会場に向かった。展覧会場は宇宙博物館とか呼ばれ、その奇妙なドーム型の建築様式と相俟って簡単に見つかった。ただ、そこで上布の展示が行われるのかどうかが最後までつかめず、二人は半信半疑の体で車を停め、回転ドアの建物にずいと入って行った。

展示会場は円型であった。そのカーブした壁面という壁面に立てかけた衣桁に、浅葱色の能登上布がびっしり架かっている。島野は思わず息を呑んだ。これは、このドームにパノラマ風に海を呼び込むつもりがある。

すると、円型フロアの真ん中にぽつねんとすわっていた痩せた白髪の男が立ち上がった。

「やあ」

友人と男は同時に手を挙げた。

「来てくれたんだね。いい年をして恥ずかしいな」

「安心したよ。鞍替えした理由がわかったよ」

「何の取り柄もないもんだから何呆の一つ覚えでやってる」

二人はそんな会話を交している。

椅子にすすめられるままに、友人と島野は並んですわった。

そこへお茶とお菓子が出てきた。

「家内です。根気な仕事を手伝ってくれています」

男は娘のような年輩の女をそう言って紹介した。

「いや、初めの女房に死なれてね、後から来てくれた女房だよ」

男はそう言って頭を掻いている。

「いいな、幸せだな」

島野はそう言っている友人にも再婚話を勧めたことがあったのを思い出した。彼は頑として聞く耳を持たなかった。それから更に時間が経って、彼の気持がいくらか動いた頃にはもういい話がなかった。

島野は彼の受け答えをそんなことをからめながら聞いた。彼の細君が四十歳そこそこで逝った時、小学生と高校に入ったばかりの男の子二人がいた。辛かったのは遺された者達であったが、もっと辛かったのは細君の方であっただろう。島野は、彼の事情を知っているといっても、その程度でしかなかった。そんなものは、当人にしてみれば、知っているうちにも入らないだろう。

「これ、おだまきというお菓子です。志平路《しおじ》では店舗が三軒ありますが、何かというとこれを出します。珍しくもないお菓子ですが一つ召し上がれ」

若い細君がそんな口上を述べながら出してくれた菓子は、菓子を包んでいるセロハン紙が薄緑と桃色にプリントされていて、島野はそうした組み合わせのものを、子供時分に何処かで確かに見た記憶があったが思い出せなかった。

並んですわっている友人と島野は揃って菓子を一個ずつ摘んで口の中へ入れた。菓子は中が小豆の米菓子であった。小豆は甘さを尋ねなければならないほどのもので、それだけでも古い記憶の中にしかない菓子であった。

島野は立ち上がると、ドームの端から上布を観て歩いた。そして漸くわかって来たことが一つあった。これは千里浜の海である。横にこまかく白い筋が走るのは、千里浜の霞むような沖合から音もなく押し寄せる波頭である。

島野は感心した。そして何の根拠もないまま、千里浜の海の色をこれだけ追い続けた作家はかつて居なかったのではないかと思った。そこに彼の転向もあったと。

小一時間もして、島野達は会場を辞すことにした。昼食は会場の受付で聞いた食堂を訪ねてランチを取った。ランチは白い皿からはみ出すほどの草鞋のようなチキンカツにライスという素朴な取り合わせで、いずれも彼等は充分に堪能した。食堂は混み合い、赤ん坊の泣き声さえしたが、値段は格安であった。

島野にはもう一つの仕事があった。道子の下宿家をつきとめることである。彼が覚えていることは、羽咋駅からそんなに遠くなく、千里浜からもそんなに遠くない、ということだけであった。駅から眺めてみるのが最善だろうということもあり、羽咋駅に一度は立ってみたものの、島野は何処にでもあるような、安直な小駅に立っているようでさっぱり見当がつかなかった。駅前の様子にしても、すっかり変ってしまったのではないかといった想念に彼は襲われ、何度も頭を振った。

あの時は、駅に降り立ち、それから三十分近くも歩いて真っ直ぐ千里浜へ向かったのであったが、駅前から屋並は混んでいて、道は細く暗かった。少し歩くと神社があった。これが千里浜への往路で、帰路も歩いて道子の下宿に辿り着いた。翌日は、道子の自転車に二人乗りして駅へ向かった。これは道子が後ろから指示する通りに砂利道を突っ走ったので、沿道の記憶はまるでなかった。

友人は島野の要望を辛抱強く聞き容れ、あれこれと面倒臭がらずに車を走らせた。彼の提言の一つに、道子の下宿家の名前を知らないかというのがあったが、島野は覚えていなかった。下宿家宛に道子に手紙は書いたのだから、彼はたしかに下宿家の名前を封筒に書いているのだが、ひっかかるものは何一つとしてなかった。そして、こういうケースは、やはり一人で来るのが本当かもしれない、等と羽咋を離れる車の中で考えたりした。

「どうする。もう思い残すことはないかい」

島野は答えられなかった。

「一つだけつき合うかい。何度か訪ねたことがある寺だがね」

それは驚きであった。彼にしても羽咋は初めてではなかったのだ。それは何事にも遠慮深い彼らしい提案ということができたが、彼が、その寺にいつ、誰と行ったのかはわからなかった。

島野は彼に従うことにした。

いろいろあったな、というのが彼の正直な感想であった。年を取ると、一つだけというわけにはいかない。どうしてこうなるのだろうということはあったが、そこは、既に後がないことから来る欲、焦りであることは彼にもわかっていた。しかしそこで、心を鬼にして、後を切り捨てるという生き方もある。そんなふうに、誰しもが思いながら、ままならないというのが現実なのだろう。彼は助手席のシートに深々と背中を埋め、何となく疲れを感じて目を瞑った。

島野が目を覚ました時、車は草深い山間部の駐車場に停車していた。

「おう、これだよ。妙成寺。こっちへ来る人は気多大社とか総持寺は知ってるんだ。しかしここは滅多に知らない。日蓮宗だよ。北陸三県の本山。女房の骨も分骨してここに入っている」

島野は彼の見上げる山容を眺めた。寺の建物が杉木立の中に見え隠れして沈んでいる。ちょっと近在では見たこともないような、五重の塔を含む大伽藍の景観である。

「女房を連れて来たんだ。女房のおなかには子供がいたんだ。その頃はバスよ。きつかっただろうなあ。結局、子供は死産だった。そんなことが初めからわかっていれば、誰も無謀なことはしないさ。それが若さってことなんだろう。二人とも一度は本山に挨拶をしたかったというわけさ」

彼等は石の階段を登って行った。仁王門までの石段が並ではなかった。急勾配の上に、とても簡単には一跨ぎできなかった。これは、ここから登って行くようにはできていないのではないか。それほど石の階段の落差は普通の倍ほどもあったのである。

「女の人なんか、ハイヒールではとても無理だな」

「うん、だからここは手を引いてやったんだ。君は手を引いてあげられる人がいて、いいな」

島野はそれを他人事のように聞いた。自分のことと結び付かなかったのである。

彼はそう言うと、島野を置いて先に立って高い石段を登って行った。彼の姿がまたたく間に石段の天辺の空の中にすっと消えた。

風を入れる

加納は五月の連休を利用して田舎へ帰って来た。家に風を入れるためである。

加納には、先祖代々の家が田舎にある。加納が田舎を出て行ってからは父母だけが住み、そのうち父が欠け、母一人になったところで母は施設の世話になり、それも亡くなって三回忌が終った。部屋数がいくつあるか咄嗟には言い当てられないほどの家は、空き家になってしまうと傷みも早いように思われた。

加納はそれを年齢の割りに早く老けこむ人達に似せて眺めることがあった。彼等は孤独を託《かこ》っている人達が多かった。人に見られることがないために、自分の老けに無頓着になるのである。それが、物言わぬ家や、庭の樹木や、草花にも当て嵌まる気がした。

やはりたまには帰って、家屋敷を見てやる必要がある。ただ見てやるだけでもちがうにちがいない。それらは、見られていることを意識することによって元気になるのだ。しかしこんなことは感じに過ぎなかった。風を入れるなら、風を入れることにこそ労力を惜しんではならない。そのためには、帰れるうちは帰ることだ。その先のことはわからない。息子夫婦はシカゴにいる。一度話さなければならないと思いながら、たまに帰国したその数日間に家の話をする暇はない。息子は嫁の家へも顔を出さなければならない。

「田舎へ行くことにするからね」

連休前に加納は蓉子にそう言った。

「そう」

「のんびりして来るよ」

「ここでものんびりしてるんだから、別に無理をすることないと思うわ」

「無理にのんびりはしない。面倒くさくなったら帰って来るさ」

「そう」

便利なセカンドハウスから、蓉子が田舎の家へ来ることは滅多にない。父母の葬式では働いた。台所や親戚との対応等、一通りのことをこなして、残務整理のために未だ一ト月も逗留しなければならない加納を置いて一足先に引き揚げるというのが、その時に彼女がとった行動であった。この後に来る法事についても、彼女のパターンは変らなかった。

「嫁さんはどうしたい」

親戚の中にはそう言って加納を暗に責める向きもあったが、加納の態度ははっきりしていた。それはそれでよいのである。人に迷惑を掛けないかぎり、好きなようにすればいい。加納は息子に対しても、帰国せよとも、帰国するなとも言ったことがない。

田舎へ帰れば、加納の仕事は山積してあった。家のまわりの草刈りなどは隣家に頼んであったから、まず隣家へ出向いて経過を聞かなければならなかった。年々歳々草刈りだけというわけにはいかなかった。いろいろとあった。

「屋敷の杉の木は台切りにしてもらわんと」

加納よりずっと若い隣家の男は、そういう言い方で加納に要求した。

台風やなんかで、もし杉の一本でも倒れるようなことがあると、家の下屋が破損するおそれがある。そうなると端金では済まない。大体は、樹木というのは年々成長するもので、昨年大丈夫だったから今年も大丈夫というわけにはいかない。これは平生気を付けていないとわからない。その点樹木は正直なものである。

「わかりました。そんなら、そうさせてもらいますか。何処へ頼んだらいいですかね」

「この頃は営林署かな。小廻りの利く機械持ってるからね。クレーンなど持ってる民間会社もあるが、大型クレーンなど持って来られたんではことだ。それだけで高くつく」

加納は、自分の家が自分のものでなく、隣家の男のもののようになっていることに錯覚を覚えた。たしかに加納は屋敷の管理を隣家に頼んだ。頼んだのは加納で隣家ではない。それが逆になっている。

おそらく、蓉子が心底嫌気を覚えたのはこうしたことだったにちがいない。自分の子供までが、自分の手からもぎ取られて人のものになっている。親戚などが子供を可愛がってくれるのはいいが、夫婦の間の子供として認められたことはない。子供は生まれた時点で既に目に見えないものの子としてあつかわれる。それを先祖といってもいいし、家といってもいい。したがって家は、息子といえども、勝手にあつかっていいことにならないし、おろそかにしてはいけないことになる。違反者を懲らしめるのは違反者のためである。彼は有難いと思わなければならない。

蓉子はこうした現場から逃げ出したのだが、加納はそういうわけにはいかなかった。こっちが下手に出てうまくいくならそれに越したことはない。隣家の男の心意気を立てる。彼が金儲けのために言っているのでないことは明々白々なのであるから、何もそれに対して異議をとなえる必要はないのである。

「あんたのお陰で気儘ができる」

「いやいや、先祖に申し訳ないことはできんしね。又、してもなるまいし」

これではどっちの先祖かわからないということになるのだが、加納は肚を立てたりはしなかった。

家に風を入れるといっても、ただ単に戸を開け放てばいいというわけではなかった。箪笥の抽出を開ける、夜具風呂《やぐぶろ》を開ける、押し入れを開ける、違い棚の天袋を開けるといった按配で、結構面倒くさいものであった。そして、それらを開けている間は家を離れるわけにいかず、布団などを干すということになると、日も選ばなければならなかった。ちょっと買い出しに行くとしても、近くのマーケットまで自転車で往復三十分はたっぷりかかったから、干していた物を取り入れ、戸締まりをしてからでないと外出もままならなかった。このためのストレスは相当なもので、買い物の好きな加納にはこたえた。

日中は剪定鋏を持って家のまわりをうろうろしていた。隣家には、剪定鋏を入れることまでは頼んでいなかったから、仕事はいくらでもあった。庭師の気分であれこれと鋏を入れるのは悪くなかったが、半日で手首がやられた。

近年庭の池に花菖蒲が蔓延《はびこ》り手に負えなくなっていた。黄色い花菖蒲を何処からか持って来て植えた記憶がなかったから、何かの加減で移って来たものと考えられたが、黄色い花菖蒲ばかりも面白くないので、川岸に密生していた菖蒲を移植してみた。

加納にはノスタルジアがあった。祖母は毎年かならず菖蒲湯を立てた。乱暴なもので、菖蒲をまるまる四、五本へし折って束のようにして湯に浮かばせるのであったが、そんな束がいくつも浮いている中をかき分けて湯に浸かると、鼻先で強烈な菖蒲のにおいがした。そのにおいが、いつも何かと面倒を引き起こしていた皮膚に染み込んで行くような気がしたのである。

ところがこの種はもっと野生味があると見えて、花菖蒲をみるみるうちに追いつめて行った。三年目には剣状の葉が池のほとんどを埋めつくすまでになった。加納は一

郵便はがき

恐縮ですが、
切手を貼って
お出し下さい

531-0071

［受取人］

大阪市北区中津3－17－5

株式会社
編集工房ノア 行

★通信欄

通信用カード

お願い

このはがきを、当社への通信あるいは当社刊行書のご注文にご利用下さい。
お名前は愛読者名簿に登録し、新刊のお知らせなどをお送りします。

お求めいただいた書物名

本書についてのご感想、今後出版を希望される出版物・著者について

◎ 直接購読申込書

(書名)	(価格) ¥	(部数) 部
(書名)	(価格) ¥	(部数) 部
(書名)	(価格) ¥	(部数) 部

ご氏名　　（　　歳）　　電話

ご住所　〒

書店配本の場合	取次	この欄は書店または当社で記入します。
県市区　　書店		

人してほくそ笑むのである。マーケットで菖蒲を売っていた。何と、菖蒲三本の束に二百円也の値が付いていたからであった。菖蒲ならタダでいくらでも差し上げますよ、と買い物客が流れて行く花屋の前で加納は叫んでみたい気分に襲われた。

さて、今日の昼食をどうするかは思案のしどころであった。十時にマーケットが開店するから、昼食の材料を買い出しに行く。夕食の材料もそれと一緒にしてしまえば面倒がなくていいのだが、加納は田舎生活をする時は、この面倒を厭わないことにしている。その都度身体を動かすことを心掛ける。食器も一つ一つ拭いて、その都度水屋へ運ぶ。まとめて何かをするということを考えない。大体、まとめて何かをするということがひどく億劫になっている。考えが及ばない。先のことまで考えて何かをしようとすると失敗する。例えば、食器を取り落として割る。

そんな訳で、今日の昼食は下ろし饂飩にしようと考えて、大根一本と厚揚げを買い出しに行った。決してそのメニューが健康によいという理由からではない。単なる食欲に従ったまでのことだ。強いて言えば、朝食は金魚すくいだけであったから、昼食は少し手のこんだものを、と考えただけである。それでも米飯に比べると面倒はぐんと少ない。

まず乾麵を茹でる。これは乾麵にかぎるのだが、茹で上がったらしっかり洗って水を切っておく。次に細かく切った厚揚げをフライパンで炒めて大根下ろしに合わせる。醬油をかける。これで出来上がり。大根下ろしと油揚げは絶妙に合うのである。後は丼の麵に大根下ろしをたっぷりかければよい。油揚げ入りの大根下ろしは、子供の頃の冬場の贅沢な菜の一つであった。それを麦飯にぶっかけて食べた。加納の舌までが、どうもノスタルジアだけを追いかける。

朝食の金魚すくいというのは、絹漉しの味噌汁にまつわる話であった。五十人程度の学生寮の食堂で、大鍋に絹漉し五、六丁では、絹漉しをすくおうとすればするほど金魚すくいになる。

「金魚すくいに行こうぜ」

寮生の誰彼となく、朝起きて朝食を誘う時にかわす挨拶である。最初は加納もわからなかった。

六時半頃になると、第一弾の金魚すくいがある。炊事賄いの男が、大鍋いっぱいに湯気を立てている汁の中へ、俎板ごと持って来た絹漉しをドドッと入れる。既に並んで待っている寮生が動く。杓子は一個しかない。後になるほど杓子の中へ入る絹漉しの分量は少なくなる。少なくなるどころかなかなか見つからない。まさに金魚すくいである。第二弾は七時頃。これも第一弾の進行と全く同じである。第三弾はなかったから、八時頃に食堂へ行っても絹漉しにありつける寮生はいなかった。大きなレンタンコンロに乗っかって、ただのろのろと味噌だけを吹き上げている大鍋の汁を見るのが落ちであった。

朝は盛り切りのご飯に味噌汁だけというのは、年中変らなかった賄い夫の献立であったが、彼は寮生の誰からも感謝されていた。秋刀魚の季節になると、大振りの焼き秋刀魚が二尾も付いいたし、鯖や鰯や烏賊や鰈がよく出た。コロッケや肉じゃがも出た。気を付けていると、それらは季節毎に旬のものがはかるようにして出された。四年間も在寮した加納にはそれがよくわかった。

そして、社会人になり、社員寮や会社の食堂で供される食事を経験すると、学生寮の賄い夫の良心が痛い程によくわかった。賄い夫は年をとって見えたが実際は四十前後であっただろう。いつもにこにこしていた。寮祭で一口寮生から酒を飲まされると、真っ赤になったにこにこ顔が一段とくずれて恵比須様のようになった。彼は寮生の寮費から支給される食費を懸命にやりくり算段していたにちがいない。楽をしようと思えば、あり合わせのものを近所の魚屋か八百屋で調達すればよかったのだが、彼は朝の暗いうちから市場へ大型の自転車を走らせているのだといった噂を寮生は知っていた。そして、何よりも、彼が供する一品に不味いものはなかった。秋刀魚なら秋刀魚は、毎度単なる塩焼きに過ぎなかったが、それに加納は飽きたことがなかった。これも後になってわかることになるのだが、素材が第一に新鮮で、魚はいずれも大振りであったことに思い当たるのである。それは、それまでの加納の家で出されていたどんな一品よりも、分量のみならず力強いもので、空腹を引きずっていた寮生は挑むようにしてぱくついた。

さて、と思っているところへ電話がかかってきた。加納と入社同期の男からである。せっかくの饂飩がのびてしまうが仕方がない。彼は前立腺で小線源というのをやったが、PSAが高値であったために放射線もやった。只今は治療の予後の段階で何かと喋りたくなるらしい。蓉子に携帯を聞いて掛けてきたのだと言う。蓉子とさんざんぱら話をした後ということになるだろう。

「ビールが飲めないんだ。半年は駄目だと言うんだ。中秋の名月まで我慢せよ。治療を開始してから半年が目途らしいんだね。別に苦痛じゃない。悪あがきはしないよ。

隠れてこっそりというタイプじゃないんだ。食事は和食をすすめられたよ。これはちょっとこたえたね。肉が食べられなくなった。鶏はかまわない。しかし鶏というと焼き鳥にかぎるし、ビールがつき物だろ。焼き鳥屋で水ばかり飲んでるんではさまにならないねえ。秋になったら飲もうよ。どんな具合かな。五臓六腑にしみわたるって感じかな。そんなことは言葉でしか知らないから楽しみだ。ところで前に送った論文ね、三つの項目についてことこまかな批評をくれた人がいてね、自分でもそこは最後までどうかなと思っていた箇所で、全部正確に衝いてきたよ。逆におれもまんざらではないんだと思った。自信をね、持ったということさ。この節自信を持てるっていうのは稀少価値だろうからね。君の批評も聞きたい。こっちへはいつ帰って来るんだい」

加納は笑いがとまらなかった。声を上げるわけにはいかない。蓉子の困惑した顔が浮かんでくる。

三つの項目について批評を書き送ったのは加納である。別人の批評家がいたとは論文の性質上考えられない。

彼が前立腺によく効くのだと言って、盛んに石榴ジュースを飲み始めた時も電話が頻繁にかかって来た。

「癌学会で発表された論文だぜ。癌細胞との激しい反応が起きて、癌細胞が死滅したというんだ。但し、石榴のどんな成分が効いているのかは不明らしい。これネットからだがね、激しい反応が起きて、なんてリアリティがないだろ。医者には言えないさ。それはね、ちがうと思うからね。まいいではないか。癌の有無にかかわらず、果物のジュースが身体に悪いはずはないからね。ところが石榴ジュースってのは何とも甘いんだな。ジュースにもいろいろあるだろ。そのどれよりも上品な甘さだ。あの酢っぱい石榴の実をジューサーにかけると、きれいに種と果汁とに分離してくれるのね。この果汁が甘くてこたえられんというのを君は信じるかい」

加納はこの話を聞いてから、あらためて石榴の木の在り処が気になり出した。田舎の家にはたしかにあった。子供の頃である。その頃は、田舎のどの家にも、屋敷内に一本は石榴の木があったように記憶する。そして石榴は、確実に食用としてあった。彼の石榴の酢っぱい記憶も、まちがいなくこれに拠っている。彼も田舎の出身であった。何かと、加納と馬が合うのはそのためだろう。

「石榴の果汁が甘いってことは無いだろう」

「いや甘いんだ。吃驚するほど甘いんだ。どういう加減かわからない。完熟していない実でも少しは赤味が射しているからね、それをジューサーにかけても甘いんだ」

「石榴の種類が違うってことではないのかい」

「そんなことはないだろう。おれはマーケットに出ているカリフォルニア産の石榴もジュースにしているが、今言うのは日本の石榴さ」

日本の石榴でも、より甘い石榴があったことを加納は知っている。子供の頃、甘い石榴を貰って来よう、と祖母に誘われ、遠い縁戚に当たるという家を訪ねたことがある。後で考えると、それは祖母が、その家の従姉妹か再従姉妹かを訪ねるためであったのだが、特別に歓待された記憶がなく、玄関まで入ったところで帰って来たことがあった。そして祖母は、加納との約束をその家のたわわに実った石榴の木の下まで来て思い付いたように果たすことになるのである。

「この石榴、孫に一つ下さらんか」

確かにその大振りの石榴は、加納の家の石榴よりもずっと甘かったのである。

「おれは今度という今度は覚悟したね。それで聞いたのよ。後何年生きられるかってね。そうしたら医者は何と言ったと思う。五年とか十年と言われると何だが、すぐということはないだろう、ってね。そんなこと言うのかなあ。嫌だったね。死ぬのは嫌だった。皆んなそう思ってる。ただいつもは忘れているだけだ。あの世なんてあるわけがない。女房からは手紙一本来ない」

彼は現役の時に細君を亡くしていた。これは加納もよく知っている。彼は出前の昼食を年中加納の準備室へ持って来させて一緒に食べた。定番は、かけ蕎麦一杯に、おにぎり二個というものであった。このおにぎりには沢庵二切れが必ず付いている。よくぞ厭きないものだと加納は感心しながらつき合っていたが、細君の癌が見つかった時はさすがに「食べたくない」と言って、蕎麦を一筋か二筋口の中へ持って行ってやめた。

さいわいなことに、加納が田舎に逗留する間は好天に恵まれた。テレビの天気予報をにらんだ上での田舎行であったのは、風を入れるのに、雨天続きでは仕事にならないと思ったからであった。

加納にとっては、毎日が日曜日であったから、田舎行の決行はいつでもよかったのだが、一つは、昔はこの大型連休を利用して移動していたなといった感慨と、もう一つは、やはり加納のようにして移動している人達がいて、もしかするとこの期間に巡り会えるかもしれないという期待が入り混って加納の背中を押し立てていた。八月の旧盆に帰省すれば、田舎の学校のクラス会もたまにあったりして、久闊を叙するには便利この上もなかったが、古稀の会の時に、常任幹事の提案で、これからは毎年やろう、と決めていながら、件の二人の常任幹事が仆れて提案は雲散霧消してしまった。古稀の会というのは、その種の集まりの一つの区切りかも知れず、古稀の会の時に更なる提案をしたが煮えなかったという話は、一つ上のクラスの知人から加納は聞いたことがあった。出席する人も、覚悟をして身を駆り立てていたので、それ以上はもういいのである。

朝の早い加納はいそいそと近くに出来たスポーツ公園へ散歩に行く。村の男に堤防で出会うこともある。自転車に乗った男は、自転車の籠の中へビニール袋を突っ込んでいる。一仕事了えた安堵のようなものが、彼の表情をいきいきと明るくしている。

加納は咄嗟に際しがついて声を掛ける。

「蕨を取って来たんか」

「あい」

男の自転車は加納の横をゆるゆると通過する。

彼は加納の五つ六つ上であったが、子供の頃の面影は何処にもなく好々爺然としている。子供の頃の集団登校では、彼は一端のボスであった。夏休みの朝のラジオ体操では、境内で野球ばかりした。誰も文句を言わなかった。皆んなも野球が好きだったからである。短い朝の時間のほとんどを、境内を越えて飛んで行ったボールの行方を探すのに費やさなければならなかったけれども。

男は一握りの蕨を摑んで帰って、朝食の菜にするつもりなのかもしれない。加納に対して、いつ帰って来たのか、それでいつ帰るつもりなのかを彼は聞いたりはしない。彼の中で時間は何程も経っていない。蕨を取って来て飯の菜にすることも、子供の頃と少しも変らない。蕨の寿命は長い。昔と変ったことといえば、息子がいて、その嫁がいて、何人かの孫がいることぐらいだろう。この節二世帯同居というのは珍しい。しかしそんなことは、一度に起こったことではないので、事件にはならない。いつの間にやら年はとっているが、年をとったという自覚はからきしない。ただ自分が何となくスローモーになったことぐらいはうすうす感じている。自転車のスピード程度に、目に映る景色も又スローモーに流れて行く。

加納は男の後姿をそんなふうに眺めて見送った。自転車をこいで行く彼の後姿だけは昔と何も変らない。首だけが鎌首を持ち上げたようになって遠ざかる。加納は彼とそれ以上に話をしたいとは思わなかった。彼も何とも思っていないだろう。それが手に取るようにわかる。

堤防の下に、堤防に沿うようにして沼があり、それが胡桃の林を透かして眺められる。沼は、子供の頃は川であった。河川改修で川が動き、川のあった場所が一部沼と化して残った。川は大河ではなかったから、三日月湖ならぬ三日月沼といったところだ。

加納はこの風景を勝手にセザンヌの風景と名付けていた。セザンヌの画布に現われる気儘な黒っぽい落葉樹と胡桃がよく似ていたからであった。この伝でいけば、胡桃の林に続いて拡がる河川敷には、六月頃になると黄菖蒲の株が所々でかたまって花を付け、堤防の薊の群生とのコントラストはまさにモネの風景であり、その向こうの河川敷の堤防までの膨大な麦秋のモザイクはゴッホの風景と言うことができた。加納はこんなふうに名付けて悦に入っていた。彼の田舎を羨望する友人には、彼等が知らないことをいいことにして、加納は青年のように吹聴した。

加納は堤防を外れると、堤防脇の広大なスポーツ公園に入って行った。公園には野球場があり、二面も取れるサッカー場があった。この二つの施設を分けるようにして、真ん中に七百米は優にあるような広い道が一本ついている。白い道はずっと先の丘を前にして消えている。丘の左手下には煉瓦造りの火葬場が見えていたが、これはスポーツ公園との抱き合わせで建設されたものだ。スポーツ公園も巨大なら火葬場も巨大であった。焼却炉が九基もある。

加納は白い道をゆっくりと歩いて行った。道の両脇はポプラ並木である。ポプラの成長は早い。年毎にぐんぐん伸びて、最早十五、六米の高さにはなっている。

すると、白い道をこちらへ向かって降りて来る二人連れが見えた。スポーツ公園の道を散歩コースにしている人がたまに見受けられたから、彼等もそうであるにはちがいなかったが、白い道を利用する人は珍しい。

彼等と加納の距離が次第に縮まってきて、加納は、二人連れの女の方がすぐ八重子であることがわかった。八重子の方も加納をとらえていると見えたからである。

「あら」

そう言って八重子はかなりの距離を置いて立ち止まった。

八重子の脇に立っているのが、彼女の亭主であることは明らかだったが、加納に面識はなかった。亭主はいかにも体具合が悪そうで、八重子を正視できず、目線が上から落ちたように動かなかった。

八重子は中学生の頃から言葉が短かかった。むろん八重子の方から「今帰るの？」とか言うことはあったが、それは、どうでもいいようなことを、言っていたまでのことだ。そのために、せっかく一緒になっても、会話はすぐに途切れて味気ないものになった。加納はそのために、中学時代も、高校に入ってからも苦しんだ。

「御主人のお供ですか」

加納は思い切って聞いてみた。

「いいえ」

加納は後が続かなかった。

亭主のお供でないとすると何だろう。ただ散歩しているということか。けれども、亭主の具合が悪いことは一目瞭然である。

「主人が私を連れ出してくれているのかしら」

八重子がそう軽く言った時、亭主が一種の表情をした。それは、八重子を急かすようであったが、微笑とも何とも区別のつかない表情であったために、加納はどう対処していいのかわからなかった。加納は一瞬鼻白み、まだ亭主に挨拶をしてなかったことに気付いた。

ここでも八重子との関係は気づまりなものになった。結局、歯切れの悪いまま八重子達は去って行った。亭主が二、三歩前を歩き、その後を八重子がついて行く。

加納が子供の頃、神社の境内にあった飯場に朝鮮人親子がいて、加納の家へ風呂をもらいに来ることがあった。彼等は、水、便所などで不自由をきたしていた。その中に加納と同じくらいの女の子がいた。彼女と加納は話したことはなかったが、彼女は日焼けした顔をして一日中戸外を走り廻っていた。そして間なしに別れの日が来た。北朝鮮へ帰るのだという話であった。父親は若々しく張りのある声で自信に満ちていた。そこに、ぽつんと一人女の子が混っていて頭を下げた。

加納はたまにその女の子を思い出すことがあった。顔の輪郭などほとんど覚えていなかったが、彼女は赤茶けた長い髪を結ばずに背中へ垂らしていた。長い髪をしている村の女の子など一人もいなかった。

中学へ入って、八重子が一つ上の組へ入って来た時、彼女の父親が日本人ではないらしいという噂が出た。このことについて、組の子供達は何も言わなかった。八重子が一つ上の学年であったということもあったが、その噂を誰から聞いたのだったか加納は忘れてしまった。そのうち噂そのものが立ち消えてしまった。八重子は勉強がよく出来、大人しく、控え目な女の子として、新しい組の中へ溶け込んでいくさまは加納の気掛かりなものとなっていった。

学校の帰り道で彼女にやっと追いつき、加納は声を掛けることがあった。

「あら」

八重子は大きな瞳をパッと開き、その瞳から溢れる輝きは加納の心を虜にした。

加納が遥か先を行く八重子を汗だくになって追いかけたことがいったいどれだけあっただろう。その度に加納は苦しみ、しかし性懲りもなく追いかけることになったのは、或いは彼女に悪魔が住んでいてそれに操られたのか。いやいやそんなことはあるまい。彼女は、加納が追いかけていることなど知る由もなかったのだから。後から誰かが来ることは、近くになると靴の音などでむろんわかるわけだが、それが加納であるのかどうかはわからない。前を行く人を追い越す人などいっぱいいいたのだ。

せっかく追いついて、八重子との会話が続いたことはなかった。「あら」と彼女が言い、「今帰るの？」と言う。そしてつかの間並んで歩く。

加納は歩行を弛めなければならないと思う。彼は相当に弛める。それでも彼女は遅れる。じりじりした不安と焦りが彼の頭の中を支配する。

せっかく加納と並んだことで、そのままのスピードの加納に八重子が頑張ってついて来るというので次の段階に入る。しかしこれでは逆だ。見る見る八重子が遅れてくる。何で又こうなんだろうと彼は思う。心の中がわからないのは彼女の方だ。彼は自分のことを考える余裕はない。

こうした事態は高校へ入ってからも続いた。加納と八重子の高校はちがっていたが、学校の帰りなど、ずっと先に自転車の彼女の姿がとらえられると、彼は汗だくになって自転車をこいだ。自転車の彼女を、自転車で追いつくことなど、歩行とちがって簡単なことであった。

彼女は加納と並ぶと眩しそうな表情をして見せた。中学校の時とはちがうのだ、といった感情が彼を瞬時にして支配する。やはり進学して、環境が変ったところで人も変るのだ。彼は自転車の速度を弛め、可能なら彼女のハンドルより遅れて進みたいとさえ思った。しかしこれにしても会話が続かなければ滑稽なことだ。

会話は続かなかった。彼女は怒ったように頬をふくらませ、時々わけもないのに後方を振り返ったりした。それは、彼女が、何もすることがないので、わざとそうしているふうにも思え、そう思う自分を加納は情けないものに思った。普通に考えて、誰にも見られていないのだから、暫くはつき合ってくれてもいいではないか。会話がなくても、自ら少しずつ、少しずつ遅れなくてもいいではないか。

加納はわからなかった。既についてしまった八重子との自転車の距離は如何ともし難く、彼等はお互いにさよならを言う機会もなくさよならしなければならなかった。彼の胃袋はその度にちりちりちりと痛んだ。そうすると、先刻の彼女の眩しそうな表情は何だったろう。彼女の心は、たちまちにしてかき曇ることがあり、かき曇ったら最後取り戻すことができないのだ。それは病気のようなものにちがいない。

八重子が子供のない散髪屋にもらわれてきてから、八重子自身が店を手伝うことはなかったが、店の端が玄関でもあったために、散髪の椅子にすわっているとたまに彼女と出くわすことがあった。

「行って来る」

彼女が父親に告げる挨拶はそんなことで、友達にでも会いに行くのか店の中を駆け足で通り抜けた。それが椅子の前の大鏡に風のように映る。加納は胸がきゅっと締めつけられるようになって痛かった。

しかし高校に入ってしまうと、八重子が店の中を通過するということはなくなった。加納が彼女を見かけるのも路上においてであったし、大抵は期末試験の期間中で、お互いがぼんやりした疲労をかかえながら下校する時であった。これが、高校の高学年になるにつれ、加納は八重子をほとんど意識しなくなった。かつてのときめきは嘘のようで、彼にはその理由が自分でもわからなかった。いつのことであったか、もうすっかり平静になって、彼は彼女に高校を卒業してからの進路を聞いたことがあった。

「就職するよ。それしかないもの」

彼女は素っ気なくそう言うと、彼の進路を聞かずにこんなことを言った。

「大学が県外になると、なかなか会えなくなるね」

彼は、彼女がそう言ったことに対して、特別な関心を持たなかった。それは彼女の言う通りだと思った。ただ、何となく、自分はこれで彼女との縁が切れるのだな、といったことを思った。同時に、この地との縁の切れ目でもあるのだなということを漠然と考えた。妙なことではあるが、それが自分の意志として働いたというより、彼女によってつきつけられたもののように強く意識した。彼女は、そう言うことによって、会いたくても会えなくなる、と言ったのではなかった。事実としてそうなるだろうと言ったまでのことで、その辺の理解がその時ほど加納によくできたことはなかった。

加納は低い丘にさしかかっていた。加納の外に丘に向かう人もなく、八重子達が去ってからは丘から降りて来る人もなかった。

振り返ってみると、真っ直ぐな道の両脇のポプラの並木が遠景に退って、左右の野球場やサッカー場が小さくなって曇天の下にじっと蹲っていた。夕刻が近づいていた。加納は逡巡した。西方の空が黒々と不気味な色をしていて今にも嵐が来そうであった。国見山に雲が架かるとかならず雨になる、と自信あり気に言った高校時代の山岳部員の言葉を加納は思い出していた。これを覚えているのは、国見山といえばずっと自分達の領域であると考えていたことに対して、他所者が言及してきたからであった。中学生時分、加納は遠足で何度か国見山に登ったことがあったのである。国見山は此処からは近くの山に遮られて見えなかった。彼の住む町からは、西方になだらかに聳える国見山がよく見えたのである。

加納は丘に続く道を少しずつ歩いて行った。左下に見えるソフトボール場にも人の影はなかった。ソフトボール場は三面もあったが、毎日使われているふうはなかった。

サッカー場にしても、野球場にしても事情は変らなかった。ぱらぱらと人影を認めることがあるのは、そうした施設の外にある芝生を利用して行われる種々のゲームの類などであって、これは、友達と来たり、近所か会社関係で来たりしたグループがゲームを楽しんでいることがあった。

加納が驚いたのは、そうしたグループの面々が、一応ユニホームとおぼしきものを着用していたことであった。男なら、この時期にはベストを着ていたし、帽子をかぶっていない者はなかった。

加納は或る時、色の付いたボールを転がしている男に聞いたことがあった。

「それ、何というゲームなんです」

「ああ、グランドゴルフですよ。どれだけ早い回数でボールをわっかに入れるかで競うのです。理屈はゴルフと一緒ですな。向こうにあるのはマレットゴルフ。あれは、球を穴に落とします。この外に羽根を打つターケットもあるよ」

加納に丁寧に答えた男は、加納よりいくらも年嵩が違わないように見えた。彼は一人でボールを打ち、相手がいるわけではなかった。こうして、一人でボールを打つ人の姿を、加納はよく見かけた。練習のようでもあり、遊びのためのようでもあった。

芝生のベンチに、二個の球とペットボトル一本が入った布製のケースが忘れられているのを加納は見かけたことがあった。ケースは市販のもので、そうしたものが販売されていることに加納は驚いたのであったが、二日経っても、三日経ってもそのケースはベンチの上にあり、持ち主が現われなかった。ケースの主は忘れてしまったのか、それとも仆れたのか。加納は、その置き去りにされたケースを、映画の一シーンにも、ゴッホの椅子の絵のようにも想像して眺めた。

坂は緩やかに傾斜していた。山のとっつきには東屋が建っていて、黒っぽい板の屋根が見えていた。坂は真っ直ぐに続いていた。

ふと坂のわきに目を遣ると、ライオンズクラブ寄贈樹木、とあって、寄贈者が全て女名で書かれた看板が建っていた。氏名までは珍しいので、更に目を移して行くと、見覚えのある女医の名があった。彼女は施設に入っていた時の母の担当医であった。樹木は十数本の欅であった。花の木なんかでなかったことが、彼女だけの意見ではなかったにしても、彼女に相応しいと思って感心した。

何故あの時、彼女はあんなことを言ったのだろう。母の最期をどうするかで加納は迷っていた。家へ連れて帰る手があった。しかしこれは、遅くなっても具合が悪かった。かといって、早くすると、最期を見込むようで嫌だった。その時女医は「これはあなた自身の問題ですよ」と言ったのだ。たしかにそうかもしれない。つまり、家と病院と施設とのいずれを択ぶかは、本人にとって最早問題ではないということだろう。加納は、かつかつ母の意見らしきものに縋ろうとした。意志を立ててやろうと思ったのである。母は全くそういうことについて話したことがなかった。その時ほど、彼は母をそれら三つとは違う場所へ連れ出してやりたいと思ったことはなかった。

加納はゆっくりと登って行った。この方向から八重子達は降りて来たのだな、ということが頭をかすめたが、坂のどの辺から彼等が現われたのか確とした記憶がなかった。彼等は、加納が気付いた時、其処にいたのだというより仕方がなかった。今となっては、はたして彼等が坂を降りて来たのかどうかということさえ模糊としてつかみどころがなかった。

加納はこのスポーツ公園の構想が持ち上がった時、自分の退職後の生活を考えて密かに快哉を叫んだ。風を入れるために帰省した時、格好の運動場として、これ以上の環境はないと考えたのである。近頃は、どんな道を辿っても車とすれ違わないことはなかった。町なかの公園へ行くまでに、車の排気ガスを嫌というほど吸わねばならないので閉口だ、とこぼしていた同僚の話や、公園そのものが裸で排気ガスに晒されているといった話などを加納は耳にしていた。彼はそうした話を他人事のように聞いたのである。これが田舎を持つ者の強みであることは間違いなかった。家が二つあることによって、仮にそのために貧乏生活を強いられるにしても。

東屋の前には御影石の石碑が建っていた。長ったらしい文言ではあるが、「心身障害者機能回復のための障害者野外訓練施設」と読むことができた。この外に、東屋の建物の中へ入って行くと、「ＬＣＩＦ援助金交付事業広報板」というのが柱に打ちつけてあり、「この資金は世界のライオンズクラブ会員から寄せられています」以下の文言が記されていた。そこには、この事業が、心身障害者が主として屋内中心の生活状況から解放され、屋外の自然の中で、介助者の助けを得ながらも、自らの力で身を置き、多くの人達と交流すると共に、ボランティアや支援活動の中で、助け合いや奉仕の精神を養うことを目的としたものである云々とあった。意味は繰り返し読んでもすらりと入って来なかった。特に、自らの力で身を置き、がさっぱりわからなかった。

誤植ではないのかなあ、と加納は思い、いろいろ別の字を当てたりしてみたが上手くいかなかった。第一に、まずこんな状態で見切り発車したことが信じられなかった。

第二に、これはどう考えても、この文言の起草者と関係者に頭の混乱があるとしか考えられなかった。

しかし要するに、心身障害者や高齢者の解放と、ボランティア活動その他への彼等の理解を求めたものであるらしいことは読めた。欲ばりこの上なしの主旨である。

加納は自分が高齢者の部類に属することをぼんやりと意識せざるを得なかった。そして途端に憂鬱になった。高齢者はボランティア活動と縁がなかったように書かれているが、かつて彼等は、ナホトカ号や、阪神・淡路大震災のボランティアを経験していたかもしれないからである。当時六、七十代だった人は確実に高齢者の部類に入っている。彼等はきっと怒り出すだろう。

コースはこの東屋へ集結して、それから山の頂上へ向かう手筈で設計されていた。ここからは道幅も極端に狭くなり、山の腹を縫うように右や左にジグザグに続いている。山はさして高い山ではないが、それでも頂上まで辿ろうとすると相当に厄介だ。桜の若木がこまかすぎるほどの間隔で芽を吹いていた。十年もすれば、この山は桜の名所になるだろう。そうなればたくさんの人が来て、車椅子ののろのろした行列が見られるだろうか。

加納が東屋を引き揚げようとした時、雨滴の激しく屋根を叩く音がした。すると間なしに豪雨が来た。薄暗くなりかけている時刻のせいもあったが、視界に入るものが無くなった。このままずっと続くことはあるまい。小降りになれば出られないことはないだろうと加納は考えたが、一方で恐怖が走るのを覚えた。このまま閉じ籠められたら身体が冷えて来る。

その時オートバイのけたたましい音がした。音はいきなり迫って来て、若い男女が悲鳴を上げながら東屋へおどり込んで来た。

彼等はすわっていた加納をすぐに認めるとぺこりと頭を下げた。男の方は、着ていたシャツをはぎ取るようにして脱ぎ、雑巾を絞るようにぎゅっと絞り上げた。水がしたたり落ちた。彼等はもっと先の方から豪雨の中を走って来たのかもしれなかった。女は、地肌が透けて見えるまでになってしまったシャツを脱ぐこともできず、男のすることをじっと見ていた。女の白い二の腕には青々とした花のようなマークがあった。

「此処は誰も来ないよ」

加納の方から声を掛けた。

男は加納の方に向きなおると、

「誰も来ないからいいんでないスか」

と言った。

「よく来るの」

「たまに」

それから男は近くの部落の名前を聞いた。その部落はここからは見えなかった。誰か知人でもいる口吻であった。背が低く、ずんぐりした体軀の男が、近くの部落の名前を名指して来たことに、加納は不思議な巡り合わせのようなものを感じ、愛着を覚えた。

おそらく若い男とはこれっきりの出会いということになるだろう。側にいる女との関係にしても、男にとっては今日だけのつき合いということかもしれず、加納はそんなことを思うと、今交わしてしている短い会話も、三人三様に引き取ることになるのだと思った。

加納は立ち上がった。

「もう帰るの？」

女のそう言う声がした。

「もう帰るんだって」

もう一度女が男に言う声がした。

「濡れるぞ」

男の声ははっきり加納に向かって発せられた。

「なに、大した降りではない。大丈夫」

「送って行こうか。――おまえ暫く此処で待っとればいい」

加納は極力男を制して東屋を出た。

雨はぐんと小降りになっていた。多分歩いている途中で上がるだろう。それまで待っている手もあったのだな、と東屋からの道を下りながら加納はふと思った。


加納は今一つ決心がつきかねていることがあった。その気持の整理を遅らせたまま、先送りに先送りしてこれまでずるずると来ていた。田舎にこれからずっと一人で住んでみてもいいのではないかという考えである。これからずっと、しかしその先は例によってわからない。そんなことは、誰にもわからない。

最近の知人の挨拶状に、「死ぬ時は、一週間位は家族に看病してもらうのがいい、と常日頃申していた通り、入院九日目の死でした。本当に何という人でしょう」といった文面のものがあった。香料を郵送したことに対する返礼である。

加納は故人をほとんど知らなかった。一度は夫人に紹介され、頭をぺこりと下げただけで、彼も頭をぺこりと下げただけであった。二人ながらまことに愛想のないことであったが、お互い何も話すことがなかったのだから仕方がない。

「どうも」

加納はそう言い、彼もそう言った。

夫人がそつがなかったために、それ以上の挨拶は必要でなかったのだ。

もう一度は、懇親会の席で、故人がスピーチをするのを見かけた。懇親会はざわざわとしたものであり、その中でのスピーチであったから、加納は話の内容についてはまるで記憶にとどめなかった。その時も、夫人とは話した。

そんなわけで、加納は夫人の不幸を悼む気持が強かった。だから、「本当に何という人でしょう」といった文面はこたえた。

加納は、自分の死について、常日頃何かを言うということはなかったな、と改めて思った。

「おれが死んだら……骨は五輪塔の下に埋めてくれ」

「あ、そういうの大丈夫よ。自分が死ぬ、死ぬと言って早く死んだ人はいないから。お母さんがそうだったでしょ。あたし達が結婚した時から、今日死ぬ、明日死ぬと言っていながら、結局長生きされたでしょ。縁起でもない」

「縁起でもないってのはご挨拶だな」

「だってあたしはそんなの嫌で嫌で仕方がなかったんですもの」

「しかしおれも死ぬことは間違いないんだから、聞くぐらいはいいではないか」

「あたしに言っても仕方がないと思うよ。あたしだってどうなるかわからない。そんなのは息子に言って下さいな」

　蓉子とのこんな会話は滅多にない。ただこの話になって蓉子は最後にこう言ったのである。

「あたしは死んだ後に人様がどんなふうにあつかって下さろうとかまわない。父は、死んだら土箱に入れて何処へでも捨ててくれというのが口癖だったわ」

　加納は庭に五輪塔を建てた。小振りのやつである。もう四、五年も前になるが、庭に一つぐらいは小さな石があってもいいと思い、寺を巡る機会があった時などにそれとなく墓石の類に注意を払ってきた。参道脇に五輪塔が山と積まれて捨てられている寺があった。五十年規定か何かで、無縁仏になって、まとめて捨てられたものと考えられたが、さて、そこから取って来るとなると色々面倒がありそうな気がした。かつて誰かの墓石であったものを庭に移すことについて、まず加納自身に抵抗があったのである。古墳の出土品である翡翠の勾玉を自慢気にペンダントにしていた女人がいたが、彼女に対する違和感にそれは似ていた。それはそうでない新品であるのがよかろう。形見とも全然違うのだから。

そんなわけで蓉子に了解を求めた。蓉子はただ一言、

「好きなようにしたら」

とだけ言った。

以来、帰省する度に五輪塔を見るのが加納の楽しみになった。五輪塔というのは、草深い中にあっても、それなりのスタイルで眺められるものだ。これが墓石となると違ってくる。墓石が草に埋もれてしまうと、いかにも捨てられている印象である。文学碑にしても、土台の上に更に石を二つ並べておいて、その上に横長の碑文石を乗せたのを見たことがあったが、これは、誰かが草刈り等をしてくれる間は奇妙な印象だ

が、草が延び放題になってしまうとそれなりに落ち着くものであることが納得されて加納は感心した。なかなか先を読んだものであるわい、と彼は思ったのである。

そのうち、自分が鑑賞用に建てた五輪塔にいずれ入ってもいいと考えるようになった。そう考えると、何処かでストンと落ち着くものがあった。見通しの利く場所へひょいと進み出た感じなのである。

こうなってくると、屋敷内の樹木の景観も気になり出した。屋敷内の樹木といっても、植樹したものはほとんどない。加納は或る時思い立って、近くの山から萩を屋敷内へ移すことを考えた。これは手に負えないほど増えることがわかった。ただ広いだけの屋敷には打って付けの花木で、萩が広がっている場所は草刈りの手間が省けた。山吹や谷空木《たにうつぎ》も移植した。これらは大して広がることはなかったがしっかりと根を下ろした。近くの山に入ると普段に見られる花木を手近に置くことで、加納の中に安心感のようなものができていくことがわかった。子供の頃、笹百合を見つけると根っこを掘って球根を持ち帰り、庭の隅々に手当たり次第に植えまくった時期があった。あれは、貴重なるものへの執着といったものが作用していたと考えられたが、それらを自分の手許に置きたいという気持の点では昔も今も変っていないように思った。加納の持ち山といっても、大谷の窄《すぼ》まる所に、何かというと霧がかかる甚九郎といった山があったが、そんな所に生育する草木など毎日眺められるわけがなかったから、珍しいものでもあれば引っこ抜いてきたのであった。

この外には、エゴノキを移植したいと考えたが、既に巨木なので諦めた。この木は、白い花も、ちん丸い緑色の実の色も実に魅惑的であった。加納は諦め切れずに市販のエゴノキを買って来て植えた。ところが、花が付いてみると、桃色がかった花であったのでがっかりした。それから、その翌年であったか、池のまわりをぶらついて、池に枝を差し出している木が白い花を付けているのがわかった。まぎれもないエゴノキであった。木はまだ幼木であったが、加納が植えたものでないかぎり移植されたものではない。彼は何か運命的なものを感じた。エゴノ木が加納を呼び込んだのである。

こうなってくると、池の周囲の雑木が気になってきた。梅擬《うめもど》き、連華躑躅、百日紅、榎、小楢、椿、満天星《どうだんつつじ》、金木犀、柊、猫柳、欅、と並べて来て、どうしてもわからない木が一本あった。夏には白い花を付ける。加納は最初、手持ちのハンドブック等を参照して、葉の形状から藪手毬にまちがいないと断定した。ところがこの木は、秋に小粒の赤い実を花の数ほど付けた。この赤い実の色は鮮やかな色をしていて目にしみた。加納ははてなと思い、もう一度ハンドブックを開いてみた。赤い実の木は藪手毬ではなく莢蒾《がまずみ》であった。彼は途端にこの木に愛着を覚えた。其処には、昔から一匹の蝦蟇が棲んでいて、夏ともなるときまってこのこと這い出して来たからであった。彼は苦笑した。近頃ますます固有名詞の度忘れがきつくなっているけれども、この木の名前を忘れることはないだろう。

こうした愛着はそれなりに増幅していったのであるが、加納には家自体の愛着についてはさして湧いてこなかった。

「あれは、山林地主であったことはわかるが、いかにも没落した構えだな。どうしようもないよ。あれだけの構えを、サラリーマンの当主が維持するのは無理というものさ。実業家かなんかであれば、もう少しなんとかなるだろうけれどもなあ」

思い出したように、かつて加納の家を訪ねたことのある男が加納に話したことがあったが、男自身栃木の名家の出であっただけに加納にはよくわかった。家の維持の煩瑣も、将来性もないといった言説であった。

そうであるならば、なお最後に家と共に朽ちてもいいのではないか。それこそ自然であり、似つかわしいということにならないか。家は朽ちても、樹木は四季折々の表情を作る。

そもそも、家は一代限りのものであるな、といったことを加納はこれまでにもしばしば見せつけられて来ていた。人望の厚かった名だたる政治家の家が、当主が亡くなったと思ったらいつの間にか跡地が駐車場か賃貸マンションにすり変っている。しかしこの場合はまだましな方だろう。当主が笈を負って東京へ出て、そのまま大学の教授になり、定年退職してから自分の生れ故郷である漆器の里へたまに帰って来て、一シーズンを過ごすことがあったという屋敷を加納は訪ねたことがあった。教授の書いた『市民革命の構造』一巻を若い加納達はよく読んだことがあったのだ。屋敷の隅には青い屋根の飯場のようなプレハブが一軒ぽつんと建っていた。屋敷内に残っているのはこのプレハブと、背の高い樅の木だけ。いかにもアンバランスで加納は哀れを覚えた。長期間田舎を離れていた教授にとって、家の維持は並ではなかったのだ。それにしても、プレハブはなかろうということにもなるが、古い家の取り壊しと、新築の家とのつなぎとしてあったのかもしれず、他所者にはよくわからなかった。

「先生がバスから降りなさって、ここまで歩いて来る途中、風呂敷包みから本がポトリポトリと落ちてしまいましてなあ。酒が好きな先生でしたさかい、汽車の中でしこたま飲んで、いい心持ちになって、本を持っていることなど忘れてしまいなさったんやろ」

加納が件の教授屋敷を通りがかりの老女に訊ねた時の言葉だ。

こんなふうにして、家の盛衰が繰り返されて来たのだし、そのこと自体は世の常ともいうべきもので、特別驚くに値しないのだとも加納は考えた。長い目で見ると、推移とはそういうことなのかも知れず、むしろそうした事態を逆転させようとするのこそ、当人にとっても無理が崇ることになり、彼の静かであるべき余生がかき乱され、親類縁者にも迷惑をかけかねないのだと加納は考えた。

しかし加納はこれから田舎に住みつこうと考えているのである。プレハブならぬ広すぎる家だけはある。教授は東京に本宅を構えて、そこへ軸足を置いて田舎へ来た。田舎は別荘のつもりである。加納は違う。軸足を田舎へ置いて、田舎の家で高い天井を眺めながら大の字になって寝そべるつもりでいるのである。

その夜、「心に風を入れたいと思う……」という書き出しで、加納は初めて蓉子に短い手紙を書いた。

和食堂柘植《つげ》

ホテルに着くとすぐに和食堂柘植《つげ》へ行き、熊澤君を訪ねた。

「熊澤は今日は休みを取っています」

「明日は出て来るの」

「来ます、来ます」

背の高い、面長の女の子はそんな言い方で私に答えた。ひょっとすると、私はこの美しい女の子に見覚えがあるのかもしれなかった。前回やはり熊澤君を訪ねて柘植へ来たのは七月の初旬である。その時は笊蕎麦一つで日本酒を三本も飲み、熊澤君との話が弾んだこともあったが、ランチタイムを大幅に超過して迷惑をかけた。

「何か食べられるかね」

「いいですよ。まだランチタイム大丈夫ですよ」

客は食堂の両端に一組ずつあり、私は大体そこに決めている真ん中の席に腰かけると笊蕎麦を頼んだ。女の子は先刻承知していたような表情でにこりとした。蕎麦が来た。かなりの大盛りである。ランチタイム最後の客と踏んでいるためのサービスだろうか。それにしても多いな。

私は暫く前に観たテレビドラマを思い出していた。最後になって主人公の仲代達也は姪っ子を相手にさかんに笊蕎麦を食べた。あれだけの食べまくりということになると、笊蕎麦は優に並の二、三倍はなければ追いつかない。さかんに蕎麦を箸でかき寄せては蕎麦猪口に突っ込んで食べ続ける。蕎麦が尽きる気配がない。映像では蕎麦が載っかっている笊は写らない。それはだからそれでいいというつもりかもしれないが、どうしても不自然である。嘘っぽく見える。蕎麦が湯水の如く湧くはずがない。

目の前の卓に置かれた笊蕎麦は細くて黒っぽく艶々していた。私は仲代とちがってゆっくり食べることにした。小皿に塩も来ている。塩はやりすぎだろう。仲代は音を立てて食べていた。蕎麦好きの独善のようなものだ。あの食べ方に、蕎麦好きは生唾を飲み込む。女の子が来て、「蕎麦汁も持って来ますね」と言う。そして、「熊澤は家族サービスをするためにお休みを取ったんです」と言った。

翌日の昼過ぎ柘植に顔を出した。昨日の女の子が居て、熊澤は食事に出たところであると言った。

「へえ、何処へ行くの」

「食堂です。ホテルの中にあります。社員食堂です」

「そんな所があるんだ」

「戻って来るのは二時二十分位になります」

「二時半には確実だね」

私の覚えは近頃はそんなふうになっている。三十分きざみだ。

女の子が、どうしますか、といったような表情をしたので、私は部屋にいったん戻って又出直して来ると言った。食事はラウンジのサンドイッチで済ませてしまっている。ラウンジのサンドイッチは二人分ほどの分量がある。これをテラスへ持ち出して食べるには寒そうだったので室内で食べた。

テラスの先に、違和感を覚えるくらいに真っ赤な楓の樹があった。元からあったのだろうが季節がちがうから気付かなかったのだ。近くにある色を塗り替えたばかりと思われるポストの赤と張り合っている。日中は、観光客が入れ替り立ち替りして楓の樹の前で記念撮影をしていた。中国語を話す観光客が非常に多い。

二時半きっかりに柘植へ行った。ソムリエコートに前掛け姿で熊澤君は食堂の隅の方で何かをしていた。浅黒い精悍な横顔の動きがぴたりと止まる。私と彼の黒水晶の目がつながる。

「やあやあ」

私は駆け寄り、彼の手を握りしめてそう言う。とても柔らかい手だ。彼も照れくさそうに力をこめてくる。例の女の子が溢れんばかりの微笑を浮かべて二人を見ている。

誰もいない食堂の椅子に腰かけて、私達はとりとめのない話を話し続けた。テーブルにあるのは私のためのお茶の茶碗一箇。女の子が持って来てくれた。

「昨日は家族サービスだったんだって」

「ええ」

熊澤君はそこで一旦話を切って続けた。

「子供が来年小学校へ入りますからね。仕事がら日曜日は休むことができないし、それで今のうちにと思って」

熊澤君はすっかり父親の顔つきになっている。

「ははあそうか。子供達のためか。知らなかったな。そんなに大きくなっていたか」

「二人です。上が八歳。下が五歳」

私は熊澤君が結婚したことは知っていたが、これにしても、つい二、三年前のこと位にしか考えていなかった。いい加減なものである。少年のような面影を何処かに秘めていた熊澤君もついに父親になった。私は苦笑いをした。この手のことがよくあるからであった。自分の加齢ということは考えても、相手も同じように年をとって来ていることを忘れる。自分中心というか、自分主義というか、相手はいつまでも元のままだ。熊澤君はここでも大いに照れくさそうであった。

「あそこに楓の樹が見えていますね。あの樹の下で結婚式の記念撮影をしました。紅葉した楓の葉が芝生一面に落ちていて、なかなかいい感じでしたよ」

「何だ、職場のすぐ前で式を挙げたということか」

「そうなんです。ギャラリーがいっぱい。今だったらちょっと恥ずかしいですかね。あそこに教会がありましたでしょう」

そう言って熊澤君が指さす方向に教会があったことは私も知っていた。池を背にして建っていた板張りの教会は、鄙びた温泉場の総湯のような仕立てであった記憶がある。

「今は神殿になっていますがね」

そう言って熊澤君はくすっと笑った。元教会は煙出しを乗せた切妻式の田舎家のようなものになっている。

熊澤君はいろいろ話してくれた。長岡の実家では両親が健在で長兄が家を継いでいる。次兄も近くにいるので心配はない。帰省は年一回位しかできない。細君はここのショッピングプラザで働き出した。子供は義父母に見てもらっている。熊澤君は婿養子であるから、細君に嫁姑の関係はない。義父母はとても優しい人達であるという。

「サミットが来るでしょう。あれを呼び込もうという作戦です」

熊澤君はいきなりそんなことを言い出した。

「洞爺湖でありましたね。沖縄でもありました。まあしかし便利さということや、せっかく建てた施設がその場限りというんではいかにも無駄遣いということになりますからね。軽井沢でやるのも一つの選択肢でしょう。和食の対応ができるということもあります」

熊澤君のいる柘植は和食の店である。

「椅子五十脚。寿司カウンターの椅子十脚を加えると全部で六十脚ですね」

熊澤君はこんなことも言った。私にはその規模の程度がこの種の店の場合どうなのかわからなかった。

「熊澤君はここにずっと勤めるの」

「そうです」

「じゃあここで定年になるわけか」

「そうです」

熊澤君は胸を張った。ソムリエコートの胸には四つの美しいバッジが光っている。一つはワインソムリエ、一つはサービス技能士一級、この二つが上段。下段はマナー講師と介護講師。いつだったか私の質問に熊澤君が答えてくれたものだ。

よくはわからなかったが、素人考えでも定員六十の店が大規模であるはずがなかった。国際的な会食場としては不向きである。そうするとこれは、中身の問題、つまり質の問題になる。荒稼ぎ、ピストン輸送とは別種になる。私はついでにこんなことも聞いた。

「カウンターに人の好さそうな年輩の男の人が立っているね。彼が料理長なの」

「いえ、彼は寿司職人です。料理長は中にいます」

「こんな山の中で寿司を所望するお客さんがいるのかね」

「それがいるんですよ。ここの魚は築地直送です。わざわざ食べに来る人がいますよ。軽井沢には寿司屋がないということもありますがね。年に二、三度という人もいます」

　私は少しわかったような気がした。

「そんなお店もあっていいでしょう。旧軽の入口に中華料理店がありますが、古くからの別荘族なんかが利用しています。軽井沢における中華料理店の草分けでしょう。もうそれだけで充分値打ちもんなのです。いいではないですか。そんな店が一軒位はあっても」

　熊澤君はこんなことも言った。そこには彼のプロ意識のようなものが出ていた。この日はこれで別れた。

　次の日の朝、栢植に顔を出すと熊澤君がいた。そこで私は昼は栢植で食べることを約束して彼と別れた。万平ホテルにちょっとした用事があったために、この日の午前中は万平まで歩いて行くことにした。熊澤君が話題にした例の中華料理店の角を曲がり、私は実に久し振りで万平通りを歩いた。私はこれを勝手に万平道と心得ていたが、すぐ手前に新渡戸通りというのがあり、建物と人では重箱読みのような感じがしたけれど、通りの名称など目くじらを立てることではないのかもしれなかった。

「万平にはクーラーがないですよ。しかしまあ暑いんですわ」

昔そんなことを言った万平のホテルマンがいて、このホテルに関する親近感がいっぺんに膨らんだ経験を私は持っていた。

私はぶらぶらという感じで万平道を歩いた。歩く人も、自転車も以前はもっと多かったがな、という感想はあったが、それは季節がずれているからかもしれなかった。私の前にも、私の後ろにも人影はない。カラカラ、カラカラという乾いた音が天上で鳴り響いた。広い別荘地の庭にいっぱい朴の葉が落ちていた。多分、天上から聞こえて来る音は、この朴の葉が舞い落ちてくる音にちがいない。いずれの樹木も、天上へ競い合うように高く、真っ直ぐに延びていた。そのために、朴の木の全容など、下から見上げただけではつかめそうになかった。落ちている朴の枯葉を見ることで、その木のあることを認めるのである。樹間の僅かな光の中をきらきら光りながら落ちて来るものがあった。耳を澄ますとさあっという音がしているようにも聞こえる。雨とか、雪とか、そんな重いものが降る音ではない。何かこまかい繊維のようなものが降りかかる音。足を止めて、それが唐松の落葉であることがわかった。轍を避けるようにして積もっている。

珍しいぽかぽか陽気で、私はセーター一枚だけでも汗だくになった。嫁している娘への手紙に、考えてみれば軽井沢は裏日本ではなかった、と書いてやろうかと思ったが、汗だくは加齢のせいだと返されて来そうなのでやめた。体をいとわなければならない娘を連れ出すには、二人の子供が一人立ちしなければ駄目だろう。そうすると、後少なくとも十年。それまでは何とも言えないとしても、生きているだけでは娘を連れ出すことはできない。娘に世話をかけるようでは誘うのも野暮だ。

長女とは、彼女が学生時分軽井沢へ何度か来ていた。彼女の卒論が堀辰雄であったために私がお供をしたのである。二人で昼はゆったりと午睡をし、目覚めると作家に縁のある所をほっつき歩くというのは悪くなかった。ただ娘が短パンと草履を許してくれなかったことには閉口した。

万平での用事は簡単に済んだ。お祝いをくれるなら万平の赤ワインが欲しいという厄介な知人の娘がいて、私の軽井沢行の話に便乗して来たのであった。知人の家での酒の席とはいえ、安請合いをした私は今更のように悔い、自分が面倒くさく、物好きで、疎ましいものに思えた。帰りの万平道もぶらぶら歩き、大通りへ出て又駅の方へぶらぶら歩きに歩いた。駅の方からやはりぶらぶら歩いて来る夫婦と何組も出くわす。こっちの歩き方が心許ない。ふらつく。ちょっとの凸部で躓く。相手と肩がぶつかりそうになる。故意ではなく何となくそうなる。気持の持ち方ではないことがわかる。しっかり歩いているという実感が実感として頭にのぼって来ない。こんな時、杖があるといいなと思う。杖を振り回して歩いているようなのは、杖はアクセサリーだろう。力の誇示、威力の類といえる。もうそんな時期は過ぎた。杖を持ったことはないが、杖がないと倒れそうだ。

いつ頃からこうなったのだろう。以前に来た時はこんなでなかった。七月のかかりだったか。昨年だったたか。その辺の確認にも時間がかかる。駅の方へ私のように、向かっている人達もいる。追いつ、追われつといった関係になっている。彼等は何処かで泊って今帰るところなのだろう。随分と離れて歩いている老夫婦がいる。まあ、よく似た年輩だ。亭主の方の歩き方からすると、彼より細君の方が年寄りに見える。彼女の方が歩き方に歯切れがなく、何だかもたもたしている。観光地ではこんな夫婦も珍しくない。いろいろ道端に立ち止まって、花やら、盆栽やらを見ている。肩から襷掛けして布の鞄と革の鞄をぶら下げている。最初はこの私の前を行く二人は夫婦ではないのだと思った。彼等に暫くついて行くうちに、やはり夫婦であることがわかった。先を行っていた男の方が振り返るでもなく後からついて来る老女を待つことがあったからである。しかしこんなのはまだましだ。いつだったか、花見の季節であったか、公園は人でごった返していた。後から「おーい、おーい」と呼びながら前を行く婦人を追いかける老人がいた。彼はかなり草臥れていた。走ることはとうていできない。すると婦人は、ほとんど歩を弛めずに、前を向いたまま、バッグから取り出したハンカチを手にして自分の肩から背中にパッと垂らしたのであった。彼女の方は、老人よりかなり若く見えた。ピカピカの黒い靴を履いていた。こんなことなら、夫婦で出歩かなければいいのに、と人ごとならず私は気になった。

そこに腸詰屋があったのでふらりと入った。特別三〇%引き、と書いてある。亭主は私の顔を覚えていた。前回も娘宅へソーセージを送るのに使った店だ。結局全種類を一個ずつ送った。能がないが仕方がない。子供らが敬遠するものは大人が食べるだろう。好き嫌いのはげしい子供らもソーセージは食べるのだと言う。

私は又ぶらぶらと歩きながら、別荘案内の貼り紙を出している不動産屋があると立ち寄って眺めた。中古物件でも、まず、何億何千万円という値がついているのが普通であった。この何億が無い物件ということになると、中軽井沢か追分方面になる。私の希望は、いかにもちまちましたものに見えた。熊澤君に、旧軽井沢の中古物件ということで聞いた時、彼が口を噤んでしまった理由が少し呑み込めた気がした。桁が一つ違うのだ。同時に、それは肌合いも違うものなのだ。我が田舎家の全容は、蔵や小屋を含めると六棟になる。本家の二階と階下合わせて九つある部屋は誰も使っていない。離れの上下合わせて四つある部屋のうち、常時使っているのは三つだ。この棟は山の風が真っ直ぐに入り、夏でも夜は布団が必要である。台所と風呂場のある生活棟は築十年余りしか経っていず、夫婦でいろいろ考えながら図面を引いた。この棟は、その前には囲炉裏があり、切り妻の天辺には立派な煙出しが乗っかっていた。煙出しのある家が、今囲炉裏が消えても皆無とまではいかないのは、煙出しに対するあくなき郷愁である。だから、よそ様の倍ほどの広さがあるこの生活棟は、広さだけを前のを受け継いだわけである。かつて夫婦は広々とした生活棟に満足していた。「このちは、風呂場も脱衣所も広いのがいいのお」と言った若い大工のしみじみとした発言に夫婦も頷いたのであった。同じ大工が私に言ったことがある。

「これだけ広い家があるのに、まだ家が欲しいということになると、金の遣い道がなくて困ってるんでしょう」

私が欲しいのは小屋のようなものである。内田百閒の映画を観たからではない。夏場だけの、ほんのちょっとした家が欲しい。寝室、トイレ、風呂場、洗面台が同じ高さのフロアでコンパクトにかたまっている造りがよい。その点ビジネスホテルはよく出来ている。無駄がない。合理的である。無駄があり過ぎるほどあり、非合理的な家なら今住んでいる家で充分である。大工の言う通りだ。台所なんかもあればあるに越したことはないが、此の頃はどんな総菜でもあり、何処でも外食ができる。台所から出るゴミとか何とか、そんなことを考えるだけでも煩わしく、鬱陶しい。但し少し広目の庭は欲しい。

知人と喫茶店で四方山話をしていたら、彼は突然、明日から青木湖の側にある山小屋へ行くのだと言った。彼の眼差しは早や霧の中に注がれているようで嬉しさに満ちていた。

「人間狭い所にいるだけではいけません。刺激がないですからね。何、仲間達と雪囲いをするために行くんだけど」

「独りですか」

「むろんこっちからは独りです。高山経由で、平湯から北アルプスのトンネルを抜けると梓川の谷へ出ます。片道五時間。いやもっと近いかな。トンネルから先は、平野に出るとずっと林檎畑が続きます。この時期はゴロゴロ畑に林檎が落ちていますよ。もったいないなあ。夏休みになると昔は子供達を連れ出したものです。青木湖はどうもということで木崎湖で泳ぐのですがね。バスに乗り合わせたご婦人が子供に何処に滞在ですかと聞くわけですよ。子供は何と答えたと思いますか」

「さあ何と答えたのです」

「別荘」

私達は期せずして笑い出した。しかし私は彼が羨ましかった。第一に仲間達と建てたという山小屋との関係が現役である。第二に、小屋に対する思い入れが若々しい。とても傘寿を過ぎた男の行動とは思えない。それは、今から小屋まがいのものを持ちたいと考えている私との決定的なちがいかとも思ったが、彼の場合は、何といってもずっと若い時分から山小屋生活を経験し、山小屋が特別なものではなかったことは大きかった。年季も体力もちがうという感じである。体力ということでいえば、彼は羚《かも》羊《しか》のように身軽な肉体と、山道の何処にでもゴロリと寝られる穴熊の神経とを合わせ持っていた。

私は小屋まがいの別荘生活者を知らないわけではなかった。娘と中軽井沢の上ノ原に人の山荘を訪ね歩いた時のことであったが、乗りつけた黒のベンツからのろのろと老夫婦が降り立ったかと思ったら、車は彼等を物のようにそこに置いて猛スピードで走り去って行った。運転手は中年の美しい女であった。老夫婦の両手には、はちきれんばかりのビニール袋が摑まれている。彼等は、古ぼけた小屋まがいの家を目指していた。二間程度の平家の家である。これに台所、風呂場、トイレが付いているだろうか。私の目を惹いたのはそうした家の造りではなかった。狭い庭に紐を張り巡らし、その紐の隙間もないほどに広げて吊るされていたタオルの類であった。まず白い色のタオルなど一本もなかった。いずれのタオルも、煮詰めたように土色をしていて、使い古された生地を臆面もなく天日に晒していた。ここまで使ったら、普通なら捨てるのではないか、私はそんなことも考えたが、私の親の代ということを考えてもよくわからず、祖父母の代と考えれば、雲をつかむようなものでもっとわからなかった。要するに節約家なんだろう。彼等が生きて来た時代がからんでいるだろう。老夫婦の年格好は、私より二回り以上も違って見えた。

駅からはホテルのバスに乗った。この乗り場も、駅南口のエレベーターのすぐ横にあったものから場所が移っている。聞くと二、三カ月前からであるという。客が一人しかいない私に運転手が話しかけてくる。私が中古物件を探しに来たと言うと、彼はこんなことを言った。

「はあ、中古物件ですか。たまにありますよ。退職後、ついの住処としてずっとお住いになる家としてということでしょう。しかし軽井沢も暑くて寒いですよ。一年の半分は寒いですからね。私は高原野菜の産地から来ています。有名な観覧車のある遊園地が近くにあります。しかし軽井沢で家を持とうとは思わないなあ。どんなに小さな家でも、結構維持費がかかりますからね。まあ、夏場だけの家ならホテルを利用されることをお勧めします。この方面のお客さまは多いですよ。面倒がなくて、よくよく考えれば経済的だからでしょう」

私は図星をさされた思いで黙るしかなかった。しかし彼に説明するつもりはなかったので私の気持は変らなかった。自分の持ち家と、ホテルとでは範疇が全く違うとでも言うしかなかった。小屋まがいのものでも、それが持ち家となれば贅沢というものだ。ホテルならせいぜい一週間というところを、持ち家なら一カ月も滞在するだろう。こうした気分は金銭に換算できるものではない。それと、女は知らないが、男は、下屋《げや》をかけたり、濡れ縁を出したりするだけでも心躍るものなのだ。若い頃はそうでもなかったが、中年を過ぎるあたりからこの傾向が年々強まる。これが、部屋を一つ建て増しする所まで行くと、もうそれだけで有頂天になる。天にも昇る気分というのは、誇張でも何でもないのだ。バスの乗客は最後まで私一人であった。大体私のような年輩の男がバスに乗っているのを見かけることは滅多にない。バスがホテルの玄関に着くと運転手が言った。

「どうかご旅行がいい思い出になりますように。ご無事でお帰りなることができますように」

私は彼に心からお礼を言った。こうした挨拶を、こうしたケースで受けたことは私は初めてであった。私が宿泊しているホテルがことの外快適なのは、運転手のような人達が支えているからにちがいない。朝早い私は、よく部屋を抜け出して広大なホテルの敷地の細い小径を当てもなく歩き廻った。すると黙々と車に乗って草を刈っている男に出くわすことがあった。まだしらしら明けの時間帯である。草刈りはほとんど終ってしまっている。彼はライトを点けながら、暗いうちから草刈りをしていたのにちがいない。身を粉にして働くということがあるが、彼は身を粉にすることなど何とも思わない。いつでもそうする用意がある。そうすることで損得など考えたことがない。そんな人達によって支えられるホテルは本物である。私は自分の利用するホテルの従業員をそんなふうに眺めることがあった。村の農業協同組合の青年にもそんな一群の人達がいた。消防団にもいる。

翌日の昼柘植へ顔を出した。ランチタイムの終りかけであったから客はいなかった。いつもの女の子が後始末をしていたので熊澤君がいるかどうかを聞いた。

「熊澤は二日間休みを取っています」

「えっ」

女の子の言葉はそれ切りで、熊澤君の消息については触れなかった。彼は、休暇は一カ月に九日間あるが、実際に休暇を取る人はいないのだと言った。その代り、十一月末から十二月の頭にかけてがオフになるので帰省するのだと前に言った。帰省は、盂蘭盆でもなければ、正月でもないのだということであった。そうすると、今が丁度オフにあたり、たった一人で、一目散に郷里の長岡を目指したのかもしれなかった。そう考えると、私の疑問はいくらか解けた。熊澤君がいきなり二日間もいないと聞いて私は不服であったのだ。もっとも彼は私がまだまだいると踏んでいたのなら仕方はない。しかし私は明日帰る。悪いことではないだろうなあ、という気持も私の中から払拭することはできなかった。もしそうであるなら、女の子は私に言わないかもしれない。

私は熊澤君がやみくもに帰省したくなり、居ても立ってもいられなくなって、そのまま故郷を目指したものと考えることにした。ソムリエコートを脱ぎ捨てた熊澤君が、黒豹のような、若々しい男に見えた。一年に一度の帰省である。妻子を是非とも伴う必要はない。まずは自分が帰省する。これを優先する。妻子の都合でぽしゃってしまうのでは元も子もない。そしてこんなことは、人に言うことではないのだ。私は何処かに寂しい気持があったが、熊澤君のことは諦めた。柘植へ行っても彼がいないとなれば顔を出してもつまらない。

昼近くになり、空腹を覚えたのでバスで駅前へ出た。駅前に何でこんな店があるのかと思うのだが、二本目の前通りの角に焼き鳥屋があった。どうもこの店は知る人ぞ知る焼き鳥屋らしく、昼になると常連らしき客で狭い店がいっぱいになった。スーツを着たご婦人が一人安物の狭いカウンターで食事をしたりしていた。カウンターの椅子の数は十脚足らずであったが、この外には衝立のない畳敷きの小上がりに二つのテーブルがあるきりであった。

かつてはこの焼き鳥屋は昼食にビールを出した。私がふらふらとつられるようにこの店の暖簾を潜ったのは、能登の地鶏の看板が出ていたからであった。中に若い角刈りの男がいた。

「能登の鶏を出してくれるのかい」

「出しますよ」

「へえ、ここで能登の地鶏にありつけるとはねえ」

「僕、能登の出身なんです。それで伝手があって引いているんです」

しっかりした大振りな焼き鳥は歯ごたえがあり美味であった。私はたちまちの内に平げ、ビールを中ジョッキ二杯も飲んで引き揚げた。昼食なんかは何処かへ吹っ飛んでしまった。

鶏肉ということでは、昼食を摂るために旧軽のホテルへふらっと入った時、珍しく焼き鳥の屋台があったのでのぞいたことがあった。カウンターにすわると先着の客がいて、彼は生の鶏肉を食べていた。その店ではどうもそれが売りでもあるらしく、店主と客はそれを話題にして盛り上がっていた。五、六人がかけられるほどの狭いカウンターの向こうで、店主の外に若い男が一人、かいがいしく働いていた。これでやっていけるんだ、という思いが私を衝き動かし、私は暫く腰を落ちつけることにした。信じられないほど鮮やかな色をした鶏肉の刺身が細い皿の上に並んでいる。聞くと、股肉、胸肉、砂肝、レバーであるということであった。

「やっぱり鶏の生は温かいものにかぎるなあ。絞めたばかりのものよ。ここでは無理だろうけどね」

先着の客人は店主にそんなことを言った。それで私の物好きな食欲はいっぺんに萎えた。

駅前の店を出ると、私は真っ直ぐホテルへ戻った。それから午睡をした。此の頃は食事の後は眠くなる。朝食の後も、夕食後もそうだ。夕食後なんかはそのまま眠り続ければいいようなものであるが、如何せん人の睡眠時間は決まっているから、そのまま行ったのでは目覚めが早過ぎていけない。なさけないものだ。それで夕食後の睡眠はとろとろとまどろむ程度にして、できるだけ頑張って起きている。午睡から目覚めると、知人に絵葉書を書いた。この相手が滅法少なくなってきている。一人は入院、一人は細君の介護、一人は戸外ではそうでもないらしいのだが、家の中を歩く時は一センチずつしか進めない。入院患者の方は頭の方もだめになって入院したのだから、通信不能。朝昼晩と細君の介護に明け暮れている男には絵葉書などとんでもない。彼の場合は最初から病弱で初婚の細君と再婚したので、その覚悟のほどは並ではない。残りの一人は、歩行は一センチずつでもパソコンは健在。それで彼に書いた。彼は細君を頼りにしている。私も彼の細君には何度か会ったことがあるが、素敵な女人だ。彼は果報者だと思う。そのことを彼はよく知っている。

こんなふうに見ていくと、年をとるということは、たよりを出す相手にもこと欠く領域に踏み込むことだということに気付く。どうにも仕方がない。それが、切実なこととしてではなく、虚けたように思われてくる。

彼への絵葉書にはこんなことを書いた。

コンパクトな部屋にいると、面倒くさいことが全部嫌になる。いかに面倒くさいことをこまごまして来たかが省みられる。もう止めだ。軽井沢は真っ青に晴れている。

考えてみればここは冬でも裏日本ではないのだね、と娘に書けなかったことをここに書いた。

夜はホテルのすぐ前にある韓国料理店に入った。若い主人は私を覚えてくれていて、旧知の如く迎えてくれる。ラーメンと餃子を注文しただけであるのに、たっぷりの野菜サラダ、キムチ、野菜スープが出る。ホテルの滞在者であることを見越したもてなしである。多分、私以外にもホテルで食事を摂らない滞在者がこの店を利用していることが考えられる。年寄りは、たくさん料理を供されても食べられない。であるならば残せばいいではないか。年寄りは残すことはできない。過渡して来た時代が食べ物を残すことを許さない。残すことは悪だ。

一度など、昼食の天丼を食べ終った私の前に立っていた熊澤君が、「きれいに食べられますねえ」と言ったことがあった。

天丼には立派な蝦が二尾付いていた。それが他の野菜の天麩羅と一緒に飯の上に乗っかっているものだから、蝦の尻尾が冑のくわ形のように丼から突き出て見えていた。その団体などが天丼を注文すると、それらが台車にぎっしり乗せられて運ばれて来る。その光景は冑が運ばれて行くようでなかなか壮観なものであった。私の好みでは、この天丼が一番であった。あたり前のことではあるが、第一に飯がよかったのである。

熊澤君が私が食べ終ったお膳の上に見たものは、蝦の尻尾の身一つ付いてない殻の小さな山であったはずであった。私はそこまで行くと、手を使って殻を割り、殻にこびり付いている身を引き抜くのである。上手くいくと、尻尾の羽根のようになっている殻からも身を抜き取ることができた。

「僕は戦争を知ってるからね、食べられる所があれば、捨てられない」

熊澤君は少し解ったように曖昧に頷くと、黙って後片付けを始めた。

熊澤君がいないことは寂しいことであったが仕方がなかった。柘植にも行かなかった。彼の方はこれからもずっと柘植にいることになるのだろうが、私の方はそうもいかない。次の保証は何もない。私には彼が恨めしいものに思われた。ちょっと耳打ちしてくれてもいいではないか。私が帰った翌日から、合わせるように彼が又ホテルに現われるというのも気にくわないではないか。私は又しても未練がましくそう思った。

「案外この季節は穴場ですよ。軽井沢へ紅葉目当てに来る人はいないですからね」

熊澤君はこんなことも言った。それは私に対するいろんな意味での配慮であった。

それが私にはわかった。

ホテルでチェックインをする時、自分は連泊なので眺めのいい部屋を希望すると言った。フロント嬢は目玉をくるりと上に回して中へ入って行くと、暫くして出て来て私の荷物をゴロゴロと押した。昔一度だけ妻と泊ったことがある館の方へ歩いた。館の入口からいきなり螺旋階段があったが、フロント嬢はそれを利用せずにエレベーターを使った。昔の記憶が私に少し蘇ってきた。その時も夫婦は螺旋階段を使わずにエレベーターを使った。彼女が案内してくれた部屋は、二階の廊下のほとんど突き当たりに近い一室であった。廊下をはさんで客室は両側にあったから、案内された一室は玄関の反対側、つまりホテルの中庭に面していた。彼女がカーテンを開けた時、窓硝子が突然真っ赤になった。名状しがたい光景が飛び込んで来た。そこに一本の紅葉した楓の樹があったのである。私はフロント嬢に感謝した。同時に幸運を喜んだ。これで日中は退屈しないですむ。

しかし紅葉した楓の樹は、既に当初から天辺は紅葉が終って庭の芝生に落葉していたのだが、落葉は日一日と進行し、一週間近くも滞在しているともうほとんど落葉して下葉を残すのみとなった。観察していてはっきりわかったことは、楓の紅葉は樹の上の方から終っていくということであった。しかも、昨日と今日の差が歴然と認められるということではなかったので、一週間前と今日とでは楓の樹も別物という感じがした。そして終ってみれば、紅葉していた楓の樹は、こまかい裸の枝だけを空に向かって突き上げていて、その辺の冬枯れの樹木にすっかり仲間入りをしているように感じられた。そんなものかなと思うと同時に、何だかそこに私のダルな生活が重なって見えた。

私は自分の滞在が終ること、熊澤君との接触も終ったことを実感せざるを得なかった。それなりに時間が経ったのだ。そしてそのことだけがどうやら確実なのだ。

明日は早めに荷物を纏めようと考えた。荷物さえ送り出してしまえば、後の時間はチェックアウトまでベッドにひっくり返っていればいいのだ。今日のうちに荷物を纏めておくと、明日は送り出すだけであるから気分的には楽なのであるが、下着などは明日になって着替えたい。私は頭の中の整理を進めるために、右手の人差し指を突き立てると頭に向けてくるくる廻した。

「熊澤君」

「はい」

「唐松が枯れていると思わないかい。枯れているんだよ。冬になって、葉を落としているんではないんだ」

「さあ、気が付かなかったなあ」

「春になったらわかるよ。芽吹いて来ないから」

こんなことも、昼食を摂りながら熊澤君と話したことであった。熊澤君は庭内のいろんな樹木にさして関心を示さなかった。彼はひょっとすると樅の木と唐松の区別などどうでもいいと考えているのではないかと思われるふしがあった。

「ほら、枯れているだろう。あれは樅の木ではないでしょうが」

私がそう言って、池の向こうの木立を指差した時、熊澤君の反応はかなり鈍かったのだ。

唐松が枯れる。樅も危ない。樅についても根拠がある。そう考えた時、そうした景色の中へ熊澤君を置いて考えることは私にはできなかった。彼にしても、そうした景色が現実になってしまえば、わかるわからないの問題ではなくなる。その時彼のあの黒水晶の目はどうなっているだろう。目だけが輝き続けるということがあるのだろうか。熊澤君について気になることがあるとすればそんなことだ。結論が出ることではなかったが、ここまで考えて、私は一先ず会って別れることができなかった熊澤君とさよなら出来るのではないかと思った。

　帰宅後四、五日して、ホテルからゆうメールが届いた。この先の冬枯れを見越した広告だろうと考えて封を切った。はたしてパンフレットが二枚出て来た。いずれもホテルの各種レストランの紹介である。和食堂柘植の紹介もあった。〈昼〉ローストビーフ定食　二九〇〇円　〈夜〉みぞれ鍋御膳　七〇〇〇円。そしてもう一枚、半ぺらの送り状には、ホテルの料飲支配人何某の下に熊澤久之の署名があった。熊澤君の字を改めて見るのは初めてであった。ハネのやわらかな運びの早い字であった。字体は宛先の私の名前にいたるまで迷いがなかった。そして熊澤君は、これを以て、遅ればせながら、言葉を交わすことなくすれ違ってしまったあの日のプロの挨拶としたかったのだと思った。

柿谷の場合

1

亭主は、定年退職したら、大型のキャンピングカーを買って、細君と勝手気儘な旅に出ようと考えていた。これが、ずっと、家事、子育て、亭主の世話全般について文句一つ言わずに尽くしてくれた細君への恩返しになると考えた。長男はアメリカ国籍、娘二人も他家へ片付いて家から離れた。家をどうするか、という問題があるが、後のことはなるようになるさ、という考えがこの夫婦間では育っていて、子供達三人が家を継がないことになった時も、夫婦に動揺はなかった。そんなものかもしれないという認識であった。いってみればそれは、この夫婦の反家風のようなもので、継ぐ家がなかったというわけではなかった。現に村なかではあるが、屋敷は千坪余りもあり、山林は、昔は七つの峰を所有した。屋敷も山林もクソにもならない、売りたい等と考えたこともない。頭から売れるはずがないと決めている。現に部落で、家、屋敷、山林〆て一億円の値を付けてネットで売り出した独り者がいたが、もう何年も経っているが売れたというニュースは聞こえぬままである。

さて柿谷の場合である。

いざキャンピングカーを購入するためにパンフレット等を彼が取り寄せる段になって細君はすわり直したのである。

「あなたね、あなたが一人で出掛けるのはかまわないの。あたしと一緒というのはやめて。あたしはしたいことがいっぱいあるの。もうそれはそれは夢にまで見てきたんだから。だからあたしのためにキャンピングカーを買うというのだったらやめてほしい。あたしに対する親切はとても有難いけれど、あたしに対して何かをサービスするつもりなら、あたしに何もサービスしないことなんだわ。」

彼はおやおやと思った。吃驚もしなかった。つい最近見たテレビのドラマの筋書きとそっくりであったからである。ドラマもキャンピングカーをめぐっていた。そうするとこれは、ごくごく一般的な出来事と考えてよく、彼の意向も、細君の主張も、特別なことでも何でもなかったのだ。普通の亭主はそんなふうに考え、普通の主婦なら多かれ少なかれ細君のように考えるのだということ。

しかし彼は別の世界も知っていた。これはアメリカのテレビ番組であったが、大型トレーラを牽引して、メキシコ湾岸をパナマまで四十日間かけて夫婦で旅する物語である。この旅はトレーラーツアーを組んでいたので様々な夫婦が登場したが、いずれも退職後の楽しみの旅という点では一致していて、旅の目的からして悶着は来たしていなかった。

彼はそこで考え込まなければならなかった。日本の主婦の主張にどこかで悲愴感が漂うのは何故か。どうもこれは、ここへ来るまでの間の夫婦の関係に問題ありということにならないか。日本の主張は既に悲鳴を上げていた。物質的貧困と、そこから来る本当の意味での精神的な貧困。

彼女達は、子供が保育園や幼稚園へ行っている間、そして中学、高校進学後の時間帯を遊んでいたわけではなかった。ちまちましたアルバイトを見つけながら、自分の小遣銭ぐらいは稼いでいた。友達とのお茶、友達との小旅行の費用等を亭主の給料からくすねることは絶対なかった。プライドということではない。主婦の身分では普通のサラリーマン亭主の給料を当てにしても埒が明かなかったからである。それで自分の小遣いでたまに上等の靴を買ったり、上等のコートを買ったりした。靴の修繕もしながら彼女達はそれらを後生大事に使った。いいものはいつまで経っても型は崩れないものだ、と言いながら。流行を追うの反対、保守主義もいいところであった。

そしてポルトガル語を習ったり、テニスをするために蛭ケ野へ行ったり、寿司を食べるためにだけ能登の穴水へ行ったりした。穴水は仲代達也のマクベスを観るための寄り道であったのだったが、それで結構忙しいのである。

トレーラーツアーの夫婦達はいずれも七十歳前後の人達ばかりで、夫も妻も再婚というのが何組かあった。いずれも皆が皆伴侶との死別というわけでもなかった。夫婦間の話として共通していることは、残りの時間を有効に使うという点。そのためには退職金その他住居まで売ってキャンピングカーに注ぎ込んだという夫婦もあった。そんなことをして不安ではないかと人から言われるが、なに動くマンションに住んでいると思えば何でもないさ、というわけであった。たしかに、この夫婦のキッチンは木製の仕様であったし、冷蔵庫の扉も木製仕様であった。そして一番奥には広々としたダブルベッドを置いた寝室があった。

何しろそうしてぱんぱんにふくらんだ大型バス並のトレーラーを牽引しながら、彼等は延々と町を越え山野を越えして何千キロと走り続けるのである。どう考えても、そうした旅の可能性は後数年あるかなしかということになるだろう。柿谷は自分に引きつけてみてそう思うのである。車の運転は嫌いではない。旅はむしろ好きである。その彼が、此の頃は片道百キロ弱の行程で途中しっかり睡眠をとらなければならなくなって久しい。往復ともである。年齢は彼等とよく似ている。となると、彼等の方が格段に元気に見える。夫の職業が活動的な分野であったのかというとそうでもないらしい。大学で哲学を教えていたという男もいた。

彼は呆気に取られるようにしてこのアメリカ番組を見ていた。健康といえば健康、自然体といえば自然体。似た者夫婦といっても、七十前後にもなってまだ共同歩調がとれるというのをどう理解したらいいのか。

トレーラー生活もたまにはいいかもしれない。きっとこの感覚だろう。しかし柿谷は、どんなに豪華な設備のトレーラーであっても、本音を言えば、何日もトレーラー生活は御免だと思った。ホテルがあればホテルに泊る。ただ日暮れて道遠しの時だけトレーラー泊。彼はちゃんとしたホテル生活でも、三泊以上になると我が家の部屋部屋、一人きりの寝室が無性に恋しくなった。部屋部屋については、まともに一度もちゃんとすわったこともない余計な部屋も含まれる。寝室については、秋ならば金木犀の匂いが窓を開けていなくても漂い、春ならば高くもない裏山の霞にすっぽり包まれてもう一眠りするというのでなければならなかった。こんな男に、トレーラー生活がつとまるかということがあったが、柿谷の場合は、旅の志向も強く、思い付いたら居ても立ってもいられなかった。それは、河岸を替える、という言葉をイメージするだけでも、充分うち顫えるものがあった。

トレーラー生活者は一様にタフに見えた。七十歳過ぎて充分に人生に対して挑戦的であった。恐らく、後数年でアウトか、もしくは寝たきりになるにしても、彼等は全くそんなことに無頓着に見えた。それなんかが何かと違うといえば全く違っていた。彼は、そうした彼等を若いとは思わなかった。同時に最後の足掻きとも思わなかった。要するにそれは彼等の常識的な年のとり方なのだ。しかも、その生き方を経過する中で、彼等は普通に老いていくのだ、と考える以外に考えられなかった。

2

柿谷にしても本格的に退職後の生活設計を立てなければならなかった。毎日毎日無為無策というわけにもいくまい。趣味をどうするかという問題があった。彼は全くの無趣味でここまで来た。仕事一筋ということがあるが、彼の場合、仕事は人並にして来たが、一筋であったかどうかということになると、大部違うと言わなければならなかった。これは、気持の上で、一筋でやって来たという実感がないからであった。気儘一筋、とは思わないにしても、一筋ということになると、そうした気分が強くつき纏った。

無趣味な彼でも、テレビの野球観戦が好きだということがあった。或いは、これが趣味というものかもしれない。しかしこの趣味は一挙にして吹っ飛ぶ事態が起きた。最近のことである。気の合う平の退職者三人で温泉に行った。三人は出世とは縁がなかったが、左党という点ではお互い自認していた。この中の最も口数の少ない一人が、俺はテレビの野球観戦が趣味だと言った。

夕飯前の一時を、彼だけがテレビにかじり付いて野球観戦をしていた。既にビールやら焼酎やらを相当に飲んでいて、夕食の宴会に備えるための小休止といった気分が三人にはあった。風呂も入ってしまったし、残りの二人は肘枕をして、とりとめのない近況をぼそぼそと話し合っていた。温泉に来て、この時間帯ほど至福の時はない。三人にご無沙汰の限り等という気持はなかったが、退職してから一年程も経つと、彼等の間には変化があった。

「何してる」

「さあ、何してるという程のこともないが、学童のために交通整理をしている」

「交通整理ねえ。一人でか」

「もちろん。とにかく何かしなければいかんと思ったのよ。世のため人のためにね。考えてみるとそんなこと何もして来なかったもの。俳優が舞台で死ぬってのがあるだろう。あれね、身勝手なんだね。人様のことを言うならね、舞台を降りて死ね。あたりまえにね。ユニセフでもＬＰＯでも何でもいいや。ヘップバーンみたいにさ」

「へえ」

「わからなくてもいいんだ。自分にもようわからん」

その時テレビで野球観戦をしていた男がすっ頓狂な大声を張り上げた。

「おおっ、おおっ、やったあ！　よおし、これでよし！　いけえっ」

静かで無口な男のこれが信じられないような裏面であった。裏面というのか何というのか。暫くすると男の携帯が鳴った。

「うん、観てた。大したもんじゃあ。流石じゃね。あそこで打つとはね」

携帯を切り終った男は振り向いて言った。

「いとこがかけて来たんじゃわの。あいつもいっぱい飲みながら観てたんじゃろ」

これを称してテレビの野球観戦が趣味というなら、柿谷の場合は男の足元にも及ばないと思った。熱中のレベルがまるで違う。男はまるでゲームに参戦しているかのようで、男の声は多分選手達の声と同列にある。これはやはり別世界だ。

しかし俺は中学新聞の読者時代から同世代の王を観て来たんだからな。あれは百年に一人出るか出ないかの逸材だ。それを観て来た幸運ということがあるだろう。その時代に俺は生きたのだということ。誰に感謝することでも、誰に誇ることでもないが、しかし同時にそうであるしかない何かであるにはちがいない。

彼はそんなふうに考え、幸運も又実力のうち、という言葉を思い出して、我が生涯も悪くなかったと思いいたるのであった。しかしテレビの野球観戦が趣味という彼の観念が何処かへ吹っ飛んでしまったことも確かであった。とても彼の程度では、世の趣味の域に入らないことがわかったからである。

このことがあっても、彼は別に趣味を持とうとは思わなかった。電車の中で騒々しい女子高校生が友達と話していることに聞き耳を立てたことがあった。

「それでさ、おじいちゃんに言ってやったのよ。仕事を辞めて、毎日毎日家の中でぼけえっとしていると、日溜りの猫のようになってしまうよ、って。趣味を見つけないかんよ、って。どうなんかなあんまり感じていないみたい。仕事やり過ぎたのかな。困るよお。あんな調子でいたら、家の中でも邪魔者扱いされるだけになるし、可哀相だよ。可愛がってくれたしさ」

彼はその話をやはり他人事のように聞いた。彼には仕事をやり過ぎたという実感もない代りに、ただコツコツと、先にも立たず、遅れもせずに仕事をこなしてきたという実感ならあった。突拍子もないことをして同僚の鼻を明かす等ということを、企らんだことも、考えたこともなかった。だから、これまでやってきた仕事を奪われることによってはね返ってくるダメージは、人の何倍も少ないにちがいない。現役の時と退職後にさして区別がないのである。こういう人生を何というのか知らないが、彼は自分を振り返ってみて納得するのであった。そこには悲愴感も喜悦もない。ただずっと人生というか、日常がつながっている。

「サンデー毎日ですか」

退職後何をしているかと問われて口籠っていると、相手にそんなことを言われてだんだん肚が立ってきたことがあった。

そこにいくらか軽侮の気味があり、彼自身が反発すればかえって相手の術中にはまるおそれがあった。俺は退屈しているわけではないんだ。むしろ現役の時より時間がたっぷりあって、一つ一つにじっくりつき合うことができるようになったんだ、といったことであったのだが、それらを主張することになると、何だかひどく低くなる気がして嫌だった。弁解などは、他人に挑発されてすることではない、と思ったからである。

昨日は寝室のベッドの位置を変えた。畳の部屋であるから、位置転換ということになると細君の手を借りなければならない。

「どうだろう。ベッドの向きを反対にしたいのだが」

細君を正面に見すえて彼は言ってみる。

「それで？」

細君のこの発言にはいきさつがある。

彼が布団がずり落ちるとか何とか言って、ベッドの尻を壁に当たるようにしてこれまでの向きとは真逆にした時彼女は言った。

「そんなことをしたら西枕になりますよ。西枕。止した方がいいと思いますね、縁起でもない」

「なに、いいんだ。そんなの信じない」

彼女は黙って亭主の手伝いをした。彼女に特に不平があるわけではない。亭主はいつもこんなふうで、気分屋で、つまらんことばかりしているとも思わない。ただ亭主につき合うのが面倒くさいのである。しかし、畑の豆トラは亭主に頼みこんでいるから、まあその辺はお相子と踏んでいる。

「西枕といってもかなりズレているしさ」

彼はその時はそう考えていたのだが、夏場の日の出を何度も目撃するに及んで、細君の言う西枕が正真正銘の指摘であることが判明した。東西がこれほど明解であることはない。彼はその度に西枕を思い出したわけではなかったが、ついでに、頭の中で磁石の針を動かすようにして南北の再確認に及んだことがあったのである。それに、どうもベッドの頭の板が部屋の真ん中につんと立っているのは不自然だ。あれはやはり、壁にぴたりと押し当てるものだろう。映画やテレビで見るどんなシーンもそうなっている。

柿谷はふと思い付いて、蔵の中から孫達が使っていたベビーチェアーをごそごそと引っ張り出して来た。これをベッドの尻に当てるのである。そうすれば布団がずり落ちることはまずない。木製のベビーチェアーはどっしりとしていて安定感があるから動いたりはしない。これで長年の懸案も漸く解決した。目途がついたのである。ベッドの尻にかませる椅子みたいなものを求めて、リサイクルショップを巡り歩く必要もなくなった。しかしこの感想を柿谷はまだ細君から聞いていない。

とにかく、細君は手を休める時がなかった。

「今日の君の予定は？」

「畑の草むしり。雨が降り続くようであれば裁縫。裁縫はこの家ではできないから町の家」

夫婦は町なかにセカンドハウスを持っていた。子供達の通学のために借金をして建て売りを買った。長男は男だからよかったものの、下の年子の娘二人が通学する段になってはたと困った。家から学校まで片道四キロ。バスはあるが朝と夕方にしかない。片道四キロの田舎道には変態者も出ている。夫婦は一も二もなく町なかに家を買って子供達の通学区を移した。

「何とかなりませんか」

或る晩のこと、恩師の小学校の校長と、実直なＰＴＡ会長が連れ立ってやって来た。子供一人が居なくなると、小学校が複式になる。村の存亡に発展しかねない事態だというわけである。夫婦は長男の時には我慢をしたが、娘の時になって、複式も、村の存亡もどうでもよくなった。

セカンドハウスは、子供達が出て行ってからは便利家として機能した。亭主が終バスに間に合わないと町の家に泊る。そんな時は細君も町の家に来て泊る。仲がいいからではない。彼女は、一人では村の家で夜を過ごすことができない。恐いのである。彼女の家も亭主の家と似たり寄ったりの田舎家なのだが、彼には細君の気持がわからないわけではなかった。彼自身、田舎家における独り居は、深夜に小用に立った時など恐怖を覚えることがあったからである。

しかし此の頃は、亭主が終バスに間に合わないということがなくなったから、彼が町の家に泊ることがなくなった。第一彼は滅多に町へ出なくなった。これも彼にごく近かった人達から、あなたは家志向が強くなったね、と言われるようになった所以だろう。これについては彼に正直違和感がある。家志向が強くなったのではない。町へ出るのが面倒くさくなったのである。バスがなくなれば町の家へ泊ればよい。これが何かと面倒くさくなったのである。町の家では、夜半に腹が減れば、二十四時間営業の店が歩いて十分程の所に出来たので不便はない。評判もよい。近くのマンションの住人もよく利用する。大皿毎に供されている食べ物は季節毎の色取りも鮮やかで、細君などもたまにそこで昼食をとることがあるという。しかし彼はやはり面倒くさい。自分の家の冷蔵庫を開けて、そこにあるものを取り出して、ちょっと食べるという便利さはない。

それでも村の同級生達とたまに町へ飲みに出る相談が纏まることがあった。せいぜい半年に一度位のわりだ。そろそろかな、と思うのが、どうやら相棒達にも通じるものらしい。どちらともなく相手に電話を入れることになる。

「そろそろどうだろう。もうだいぶ経ったな」

この台詞もお互いに決まっている。どっちが先に電話をかけて来るかのちがいだけだ。話が決まれば簡単である。彼の家へ相棒達の車が五時半に着く。それで三十分後の六時に焼き鳥屋の前で代行を待つ。代行へは六時直前、車の中から携帯で連絡を入れる。代行の業務が六時開始であるためである。いかにも吝《けち》臭い算段であるのだが、こうして代行に渡す前の駐車料金を浮かしている。

彼等は金持ちではない。職種もさまざまなら年金もさまざまである。使う道がないから、それでも細々と食うだけは食える。心して節約をしているわけではない。ただそういう生活を半年も続けると、焼き鳥屋でいっぱいやる位の金なら充分出来る。それでよしという気分になるというわけであるが、焼き鳥屋へ行くことが決するとお互い落ち着かないものだ。柿谷にしても相棒達の便乗する車が来る二十分も前から道に出て上の方をのぞき込むことになる。

彼等は大酒飲みである。ビールも飲むが、後は酒ということになる。焼き鳥は、この頃は若鳥である。親鳥の旨味にはとうてい及ばないが背に腹は変えられない。お互い歯はひどいことになっている。

「痛っ！」

五人が頭を並べてカウンターで飲んでいる時、一人が大声を発した。

「どうした！」

「割れたな」

「割れた？」

「歯が割れた」

「それね、歯医者へ行くとちゃんと接いでくれるよ。捨てないで持って行きなよ」

「ええっ、歯が割れたんだよ」

「そうだよ。それでも捨てないでおけと言うのさ」

彼等はいつの頃からか焼き鳥をモゴモゴと食べることになった。これでついに最後の一人が落城して、総入れ歯ばかりがモゴモゴになった。何しろ焼き鳥一本に、人より二倍も三倍も時間がかかる。それでも焼き鳥屋である。

そんなにしてまで彼等が焼き鳥にこだわるのは何だろう。魚屋もある。天麩羅専門店もないことはない。しかしいずれも割高である。それに、魚にしても天麩羅にしても、素材は子供の頃から見慣れている。彼等にとって、鶏は断然珍しかったのである。

まだある。彼等は、魚や天麩羅なら自分でやる。百姓が、外食でわざわざ飯を頼まないのと同じ理屈である。彼等は饂飩は頼んでも飯は頼まない。

彼等はたらふく飲んで勘定を済ます。割り勘だ。バス停近くにホテルがあり、ロビーの一郭に喫茶スペースがある。元は、ロビーとして使われていた。こうした世知辛い変更は、中流のホテルから始まったように柿谷は感じている。場末の、ビジネスホテルのような所に、かえってまだ不均合いなロビーがゆったりとセットされて残っているように彼は思う。一流になりたければ、ロビーを戻せ。

ホテルには清潔なトイレがある。焼き鳥屋のトイレは別にあって面倒臭かった。彼等のトイレのサイクルはかなり近く、特に飲酒の後は要注意である。此の頃はホテルの喫茶室で暫く休むことがある。用を足して、代行を待つまでの間、そこで近くにある店の今川焼を買って来て皆んなでかぶりつく。買って貰えなかった子供時代を挽回するように。

3

待ちに待った摘み菜の季節に入り、柿谷は菜っ葉の炊いたのを楽しみにしていた。大好物なのである。同僚で、菜っ葉の炊いたのをさかなに酒を飲むと言った男がいて、柿谷はぐんと年下の同僚であったがいっぺんに親近感を覚えた。

ところがせっかく細君が炊いてくれた菜っ葉の味付けが濃いので柿谷はげっそりして文句を付けた。菜っ葉の味付けが濃いのは致命傷だ。

「あら、そうかしら。嫌ならよしたら」

これは、以前はこうではなかった。

「いつもと同じ味付けですよ。あなたの舌の感覚がおかしくなったんではないですか」

これならまだ我慢ができる。

彼は絶対そうではないと思いながら、一応は「そうかなあ」と言ったのである。それが「嫌ならよしたら」ということになると、菜っ葉の炊いたのがどうしても食べたい時、別箇に自分だけのものを作らなければならなくなる。彼も頭に来ているから、絶対意地でも自分だけのものを作ることになる。何もむずかしいことではない。濃い味のものを我慢して食べることにくらべれば何でもないことだ、と自分に言い聞かせる。この際面倒くさい等とは言っていられない。面倒くさい等と言って我慢している方が、余程精神衛生上よろしくない。

「これからは君の作ったものは食べない。何だかんだと言わねばならんのは不愉快だからね。君だってそうだろう。何も味ない俺の作ったものを我慢して食べる必要はない。とにかく自分のものは自分で作る。そのかわり、君のものは作らない」

キャンピングカーを買って、女房孝行をするなんてことは金輪際よした。そんなことを考えたこと自体が腹立たしい。柿谷は喉の奥で声にならない声を上げる。

それから何気なく観察していると、細君の好みがわかってきた。何でもかんでも、所謂照り焼きが好物であるということ。此の頃は大抵のマーケットでこの照り焼きが目立つようになった。一昔前まではせいぜい塩焼き。日本酒でも塗ってあろうものなら、魚屋は「吟味してあります」等と、顔に書いて売っていたものだ。しかし何でもかんでも照り焼きということになると、そのものの持つ素の味が損われるのではないか、というのが柿谷の意見で、この点でも彼と細君の好みは合わないのである。細君の方は、彼の好みを野蛮と見ている。何でもかんでも塩胡椒だけが能ではない。いろんなスパイスの用途があることも確かだ。どうやら細君の好みはこっちに傾いている。

正月に長男が帰って来て、今日の料理は俺にまかせろと言うのでまかせたが、これが無類に美味であった。スパイスのオンパレードは見掛け倒しではなかった。こうした現実を突きつけられると、彼も別世界を見た気がするのである。やはり何事も日進月歩であるのは疑いの余地がない。そしてここまで来ると、細君と二人だけのキャンピングカー生活は夢の又夢ということになった。

彼はおよそ人物が憑依したかのような言動をなす種族とは生まれが違うと感じていた。のみならず、飄逸の反対、雑事を地で行く境地に身を置くと居心地がよかった。彼はいつの間にやらピサロが好きになっていた。彼によれば、ピサロは合理論に立ったことがなくて経験にそっていた。彼は百姓がじゃが芋に小土を掛けるようにして営々と画筆を振るい続けた。そこには何の奇抜も、コペルニクス的転回もなかった。ただ営々としていつまでもそうしていると、そこから何かが見えて来るというより、いつまでもそうしていることが何かとんでもないことを言い当てているように思われた。それは芸術の分野でしか市民権を得られないもの、ということでもなかった。

彼は退職したら絵をやってもいいと考えた。それで、会社のサークルで日本画を教えている男に胸のうちを明かしたら、男は翌日に顔料一式を新品の絵の具箱に詰め、絵筆と一緒に持って来て彼の机の上へ静かに置いた。

「餞別です。終生つき合えますよ」

不断そんなに機敏さがあるとも思えなかった男はそう言ってにこりと笑った。男は何かを言おうとした彼を押しとどめると、足早に部屋を出て行った。彼は彼よりいくつも若い男に心から感謝した。

退職してから、彼はまだ本棚の奥深く仕舞ってある絵の具箱を一度も取り出さなかった。彼はバラで貰った絵筆などは、漆塗りの筆箱を買ってその中に納めていた。その筆箱も、絵の具箱も、いつしかうっすらと白い埃を被って眠っている。彼がたまに本棚のその辺に目を遣る時、彼の胸をちくりと刺すものがあった。彼の怠惰をなじる内なる声というより、絵の道具一式をくれた男の誠意を裏切っているのではないかという良心の痛みのようなものはこたえた。彼はその度に、なに約束したわけではないのだから、と弁解し、そのうちに忘れてしまうのが常であった。

彼はピサロの「朝のコーヒーを淹れる百姓娘」を見ていた。この筆のタッチと色彩の感覚は、芸術家というより職人のそれであった。派手とか渋いとかの区別で言えば、これほどの渋い色調もなかった。多分こうした手法は、計算ずくであったというより、ピサロの生地であったと言うしかなかった。ピサロは自分の生地に徹底して従ったということ。それは絵の具を塗ることによって得られた成果というより、絵の具を彫り続けることによって得られる彫琢の成果という感じがした。筆のこまかいタッチは鑿のこまかいタッチに似ていた。百姓娘の耳朶の下から頬にかけての白いタッチは、鑿がついに幽かな色香を彫り当てたもの、と考える方がより自然に理解できた。首筋の辺から肩にかけての厚い肉の流れ、着ている服のボタンを弾き飛ばさんばかりの肩から胸にかけての直角的な膨らみ。それらの振動に、娘が全く気付いていない所にこの絵の静かな反乱があった。

彼はほとほと感心し、自分で絵筆を握るより、こうして見ている方がどんなに精神衛生上好ましいかと考え、ピサロの外にもまだまだ見なければならない絵があるように思い、もうそれだけで残りの人生は満杯だと考えてしまうのであった。それに毎日絵だけを見ているわけではない。野球も見る。料理もする。草刈り機で茫々の庭の草も刈る。

細君の従兄に大学の研究室を退職した男がいた。彼は阪神・淡路大震災の時、明りが消えた町を拍子木を叩いて廻った。

「偉いなあ」

「うん」

柿谷と細君との従兄に関する会話はそれだけであったが、故郷を出た従兄の頭の中に、遠い暗い村の夜の記憶が蘇ったことは疑いを入れなかった。

秋になると細君は従兄に柿を送った。彼は柿が大好物であったのだ。

「なに、いっぱいできるのよ。だから小粒だよ。くれぐれも念を押すけれど、お礼なんか要らない。余ってるから送るんだから」

細君は毎年そんな文言の手紙を走り書きして荷物の中へ入れた。

従兄は、或る年自分で描いた水彩画を送って来た。そして、「自分は少しは絵が上手いんだ」と書いて寄こした。絵のタイトルは「神戸港を右方に望む」というものであった。「右方に」という所が、いかにも科学者らしいと細君は笑った。この絵はダイニングの壁に架けた。ダイニングの壁の一面は、絵を架けるために図面を引く段階で計画に入っていたから、もう一面の壁に水屋を入れると、窓側はシステムキッチンで腰の高さまで塞がることになった。そのために採光が悪くなったのは仕方がなかったが、冬は冷気を遮断する役目をした。

さしずめ従兄の「神戸港を右方に望む」は、壁にぽっかり窓を開けたような感じになり、採光の悪さを補うことになった。この外には、深沢紅子の果物の色紙、スーラのプリントの三点が壁に並ぶことになり、彼等はそれなりに大いに満足した。ダイニングに絵を架けることは彼等の夢であったが、広くもないダイニングの壁面の活用ということでは、身内からも、招じ入れた客人からも、一度として褒められたことはなかった。そんなことはどうでもいいことだ。人様のためにダイニングを作ったわけではない。彼等は壁面の隙間がない程に絵を架けることをしなかった。そんなことをしたら、まだ何点もの絵を架けることができたが、彼等はそうしないことでささやかな贅沢を味わったのである。

ただ彼としては、食卓に就く度に「神戸港を右方に望む」と向き合うことになるわけで、退職後は絵をやると宣言していた手前心中穏かでないことがあった。自分の絵よりも前に人の絵が架けられたのである。彼の心中に波風を立たせているのは彼自身である。彼はいよいよ自分が決意をするだけの生きものに思われてくるのであった。

4

柿谷の細君はますます凝っとしていない。毎日毎日、忙しく何かをして立ち働いている。週二で大学の外国人留学生に日本語を教えている。学生はとてつもなく熱心で、遅刻などで怒ったためしはない。日本語教育は、日本事情を含む。大学側からのこの要請は、彼女にとってむしろ望む所であった。大学での専攻は地域経済史であったからだ。外国人子弟に対するボランティアもある。こみ入った進学指導などは学校ではお手上げの状態である。

この他には週一で和裁倶楽部。この倶楽部は、元はカルチュアセンター所属の和裁教室であったのだが、和裁師が高齢のために引退してどうするかという話になり、解散は嫌だということで教室のメンバーが全部残ってコットン倶楽部の立ち上げとなった。誰も和裁師の資格を持つ者はいなかったから、一番年長の細君が窓口の代表をつとめることになった。倶楽部という名称もそこに由来する。

和裁についてはかねがね細君がやってみたかったことであった。孫達の浴衣。甚平。これらを自分が縫う。孫達の次には娘の婿殿のものを縫う。彼等の喜ぶ姿が目に浮かぶ。

句集一巻を持つ母親の影響もあったが、細君は俳句も始めた。句会は全国につながる会員の制度があったが、彼女は周囲の強い勧めにもかかわらず首を縦に振らなかった。何事も気楽に行きたいのである。これも母親の取った行動と一緒であった。ただそうすると、短冊や色紙に書くために書道教室へも顔を出さねばならない。この教室へは一年ほども出ただろうか。それで止めた。

この理由はむしろ亭主の方が知っている。細君の短冊は玄関の飾り棚の上に立てかけられることになったが、彼女の書は一向に上達がなかった。彼女の字は娘時代から何処か軋みのある字体だった。これを彼女が好むはずがなかった。この際なんとかしなければならない。短冊ともなると人に見せることにもなる。しかしどうにも癖字は直らなかったと見え、彼女の方で踏ん切りを付けたのである。

それでも句会は公民館句会であったから年に一度の文化祭という催し物がある。そこへはどうしても短冊なりを出品しなければならない。彼女は夜遅く、柿谷がダイニングから離れた頃を見計らって墨をする。柿谷が側に起きていたのでは、黙っていてもうるさくって仕方がないからだ。柿谷は彼女のその作品を、文化祭が終了し、会場から取り下げて来て、玄関の下足箱の上に立て掛けられた時初めて見ることになる。短冊は、癖字と、おさらいを受けた字とが混在する何ともいえぬものであった。こういうことなら、いっそのこと癖字で通した方がさまになるのではないかと亭主は思った。

年に一度、寺の御忌廻《ぎょきまわ》りというのがある。村の一軒一軒を檀那寺が廻って先祖の霊を供養するという仏事である。

仏壇にお供物を置く、坊さんが見えた時と、おつとめが終った時にはお茶を出す。二度目のお茶の時には菓子も出す。それから御布施、一万円也の護持費。御布施は近年は役僧を伴うから一人の時とはちがって七千円也を包む。五千円から七千円にアップしたことになる。寺出身の知人に聞くと、役僧の経費は寺が見るのが本当で、役僧を伴うのは寺の勝手、ということであったが、役僧を若がつとめていたので二千円アップになった。村で協定したわけではない。寄り合いで聞いてみると、皆さん二千円アップでやっていた。相場というものであるだろう。

さあ、この御忌の日に細君の予定が入っていて亭主一人でやらなければならなくなった。

「何、どうってことないよ。供物にしたって煮物に汁に御飯だろ。いつも俺がやっていることじゃないか。ただ、菓子を包むのはできないね。まそんなこと位はどうでもいいか」

柿谷は、本当にそんなことはどうでもいいと考えていた。自分も今年は喜寿である。人にとやかく言われても、もう気にする年齢ではない。

「大丈夫だわね。準備は万端しとくから。お菓子とお茶は若宮に出して貰うことにしようかしら」

若宮というのは亭主の妹の嫁ぎ先の部落の名前である。細君も、もうかなり以前から、そんなふうにして亭主の身内を呼ぶようになった。

「それはいいや。若宮も里帰りの口実ができて喜ぶぞ」

「それに、お嫁さん貰ったでしょ。たまの日曜日ぐらい、姑がいない日があっていいのよ」

それでこれはすんなりと決まった。細君が即電話をしたところ、ちょっと問題があることが判明した。嫁が日曜出勤で、孫に昼食をやらなければならないのだというのである。それでも十二時には完全に体が空く。御忌廻りは午後のトップであるから何とかなるだろう。若宮からは車で十五分かかるかかからないかだから、細君はほっと胸をなでおろした。

亭主は前日の夜になってから細君の準備していったものを一つ一つ確認していった。大学ノートに「仏事帖」と表題が打ってある一冊がある。そこには細君手書きの仏壇図なるものがあり、実にこまごまと図解がなされていた。ご膳、茶は各々三個ずつ。膳の内容は、ご飯、煮物、汁、香の物とあって、一汁一菜がたてまえであることがわかる。線香は一本。真宗とはちがう。方丈の座布団は赤、役僧は紫。鉦は赤座布団脇、木魚とリンは紫座布団脇。

「仏事帖」には右の外に父親の法事の概要が、一回忌、三回忌、七回忌、十三回忌の順で記録されている。なかなか厄介なものだと思う。いずれも自分がやって来たことではあるが、面倒なことであったために しっかりした記憶がない。自分の代では再び必要がなかったからであったと考えられる。

柿谷は熱心な仏教信者ではない。のみならず、できるだけ寺との距離を置きたいと考えている。本音を言えば、寺とはかかわり合わずに済むものならそれにこしたことはないと考えている。村でも一軒だけ寺との関係を絶っている男がいる。これをうらやましいとは思わないが、それもよしと考える点では他の村人とは違うだろう。しかし若い連中に直接聞いたことではないからその辺はよくわからない。要するに、信心にしても寺との関係にしても、個人的な温度差があっていいと柿谷は考えている。この差こそ命だ、位に彼は密かに考えることがあるので、寺の企画した五重相伝なる講習会には参加しなかった。しかし妹の婿殿は一金五十万円也を支払って講習を受けた。

「私はですね、真面目に考えとるんですよ。つき合いとか何とか、それは檀家総代を何代も務めて来た家ですから、寺との関係は他家より深いわけですが、私はそれだから寺と義理でつき合おうと考えているわけじゃないんです。私は個人的に真面目に考えてるんです」

義弟はいつかこんなことを柿谷に言ったことがあった。彼が退職して、社会福祉関係のいろんな役に就き、人様のためならということで多忙を極めている時であった。彼は、戦時下に行事自体がなくなってしまったお神輿を復活させた。これを余計なこととして喜ばないむきもあった。小さな町内では万事に物入りだからである。

「どうにも若い連中がいかんですなあ。寄り合いなんかでも終った後ちょっと皆んなで一口やる。初寄りではお神酒がありますかね。いってみれば神様から下げました酒ですよ。そこで年寄りも若いもんも一杯やりながら打ちとけて話をする。そんな所から案外有益な話が出て来ることだってあるわけですよ。しかし若いもんは残らんですねえ。残らんからいろんなことが受け継がれて行かんのですよ」

ここまで来ると柿谷も黙っているわけにはいかなかった。ますます若者が村を離れて行くようなことは避けるべきではないかと。

五重相伝の時は柿谷は簡単にやり過ごすつもりはなかった。ここだ、という警告が彼の何処からか発せられ、こんなことにだらだら従うようでは何をして来たのかわからんぞという認識が彼にはあった。嫌なら嫌と言う。周囲が済し崩し的に五重相伝に突き進んでいるなら、一人だけでもNOと言わねばならぬ。それは、五重相伝なるものが何ものかは知らぬが、これまでずっと考えに考えてきたことだ。とにかく、済し崩し的に行かないこと。義理とか人情とか色々いっぱいあるけれど、それらを優先させる限り済し崩し的になる。その結果として国体明徴があり、八紘一宇があり一億一心があり、禊があった。要するに何を言っているのかわからない呪文のようなものが残った。そんな時、まあいいか、だけは警戒しなければならぬ。いくら何でもこれで行くはずはない、も同じ。

以上は柿谷が実地に経験したことではなかった。彼のこれまでの知的経験から得られたもの、ということはいえた。そして、そのような理解は、皆んなが皆んなそんなことを言っているわけではなかった。むしろ彼の知的経験で得られた教訓は、ごく一部の少数の者の発言に限られていた。更にいえば、そうした受けとめ方こそ住む世界がちがって柿谷には見えた。日常が連続してすぐ側に見えたのである。

五重相伝の要請は一回きりではなかった。「送り五重」というのがあった。これは、自分が行かれない場合の、「送り香典」の発想と考えられた。この外には名を替え品を替えての追加五重があった。柿谷はもう覚えていなかった。

五重相伝の参加費は、五十万、二十万、五万の三段階があった。熱心な夫婦は二人で百万円也を支払った。五重相伝の講習会は三段階一つ会場の御堂で行われたが、すわる場所は五十万組が前の席で、五万組は後ろの席が指定席であった。柿谷はそうした模様を五万組であった弟から聞くことによって大体つかむことができた。若い義弟などは、前の方でも端の廊下側に席があったので風邪を引いた。

五重相伝に出た村人はいなかった。

「年寄りのあんたが出ないのに我々が出ることはできんでしょう。そこは長幼の序というのがあるからね」

義弟は血液の癌で半年入退院を繰り返して死んでしまった。まだ七十歳前であったが、数え年の古稀を柿谷が組織して、柿谷の家でやることができたのがせめてものなぐさめとなった。

御忌当日、妹は十二時ちょっと過ぎに駆けつけて来た。しかし御忌は、当日の朝になってキャンセルをした家が一軒あって、午後一番の柿谷家は午前中の最後に繰り上がり、妹が来た時には坊さんが帰った後であった。妹はこれを知る由もなく、目の前にある寿司弁当をぱくついてせっかく午後に備えようとしている時に事情を打ち明けられて大笑いとなった。何のために来たのかわからないと言うのである。

大笑いの話はもう一つあった。柿谷は面倒くさいということもあり、煮物にしても汁にしても、お椀に蓋があるのだから、中身が無くてもわからんのではないかという考えがひょいと出て来た。しかしこれは思い直して、煮物位は手をかけるべきであるという殊勝な気持になり、まま事のようなお椀に盛るために牛蒡の皮を削いだりしてじゃが芋と人参の煮物を作った。牛蒡は二切れ、じゃが芋と人参は一切れずつ盛る心算である。まさかそれだけで煮物を作ることもできないから、量は行平に半分位。それらを盛り付けたのは御忌当日の朝である。

柿谷は我ながら情けない気持になった。全てがまま事である。何しろ容れ物のお椀自体が極く小さい。汁も一滴か二滴たらす程度。

それから柿谷はマーケットが開くのを待って飛び込み、餅やら果物やらステーキ肉やらを買った。いずれも妹の好物ばかりである。そして予約時間の十一時に寿司店を訪れ、寿司を仕入れて車を走らせた。この間、懸念がないわけではなかった。住職が先に家に着いている図である。玄関の鍵はかけて来なかった。忘れたのではない。二、三十分位の外出では玄関の鍵はかけたためしがない。

細君の話では、里の寺の住職は、月命日など、家に誰もいなければ勝手に上がり込み、おつとめをして帰って行くということであった。ちゃんとお茶も飲み、お菓子、お布施を引き取ってくれているということであった。万事がこの通りであると世話はない。しかし真宗ならともかく、浄土宗では通用するか。

堤防を車で急いで帰って来た時、門の前の駐車場に見慣れない黒い車があり、玄関に若が手持ち無沙汰に立っているのを目撃するに及んで柿谷はしまったと思った。玄関に駆け込むと、白い鼻緒の下駄だけがあり、暗い仏間を通って座敷を覗くと住職だけがぽつんと一人すわっていた。つけた覚えがない座敷の明りがついていたのが、少し柿谷を安堵させた。

「ちょっと買い物に出ていまして」

「いやいや」

「蠟燭は赤でしたか」

「赤です」

これは若が答えた。外に立っていた若がいつの間にやら座敷にいた。柿谷のすぐ後をついて来たのである。

「お茶も出しませんが始めてもらいましょうか」

「それでは始めますか」

今から湯を沸かすのでは更に待たせることになり、かえってよくないと彼は考えたのである。

お茶は二度出す。見えた時と、おつとめが終った時。終った時には菓子も出す。茶葉も菓子も細君は準備して行った。菓子店によれば、坊さんが菓子に手をつけることがないから、此の頃は包みのままで出して、そのままお持ち帰り願うということになっているらしい。これは細君が菓子を買った時仕入れた話で、それでいこうということになり、柿谷の一番の面倒が土壇場で除かれることになった。

坊さんが仏壇に向かうのと同時に、柿谷はキッチンに引っ込んで湯を沸かした。沸かして、冷まして、茶碗にお茶を淹れて置く必要がある。キッチンに誰もいないのだから、まずいお茶の淹れ方ではあるが仕方がない。これ以上待たせるわけにはいかない。

柿谷はそうして二個の茶碗にお茶を淹れて座敷の卓へ運び、やっと読経の続く仏間に座って神妙に頭を垂れようとして生唾を飲み込んだ。朱塗りのお椀全部の蓋が開けられ、かたわらに塔のように段々に積み上げられていたのであった。

妹はこの経緯を聞き終ると息を殺して笑い出した。そして笑いすぎて胃が痛くなったと言ったのである。

「そうね、私の家でもそんなふうにしてお膳を出すけれど、蓋は初めから無いよ。蓋なんてあったのかなあ。なるほど、蓋を取らないと食べられないね。理屈だね」

妹はそんなことを言って納得したかと思うと、手下げ袋から小さな紙の箱を取り出して小芥子《こけし》をつまみ出した。ゴルフボールよりは小さい感じの小芥子である。小芥子は梟を意匠したもので、頭をつつくとゆらゆらと揺れる。

「お前さん、ずっとこの家に置いてもらいな。寂しい者二人ではもっと寂しいからね」

妹はそんなことを言って小芥子をつついている。梟の小芥子は重心が下にあって、丸切りの狭い木の台座から転がり落ちることはない。

「山形の銀山温泉へ行った時に買って来たのよ。我が家用にね。主人との旅行ではこれが最後になりましたね。楽しいでしょ。でも何だか一人ぽっちの感じで寂しいのね」

それから妹は一時間ほどもいて帰って行った。息子がいるので心配はないのだが、息子はまだ寝ているかもしれず、おばあちゃん一人で孫をあやすのは心許なかろうと言いながら。

柿谷も妹に倣って梟の小芥子を指でつついてみた。なるほど、ぱっちりと目を開けている梟は、まるで生きもののようにゆらゆらと揺れる。それでいながら、すぐに小刻みに顫えて元の居ずまいに収まる。何度ついても同じ調子だ。誰かにつつかれるのを待っている風でもある。そんな梟の小芥子と毎日向き合いながら、妹は亭主のいない寂しさを紛らわしていたのだろうか。そして、もう小芥子が要らないということであるならば、寂しさばかりが募るということが無くなったからなのであろうか。小芥子を手許から切り離すことで、一つの踏ん切りをつけると考えることは大いにありだ。

柿谷はこれまで身内の不幸について深刻に考えたことはなかった。まず、身内に不幸などなかった。身内に、長期入院患者もなかった。柿谷や細君、弟夫婦や妹夫婦にも不幸などなかった。これが今度妹の亭主が欠けることになった。不思議なものであるが、これが七十七、八にもなっていると、まだ若いとは言わないだろう。そんなもんか、という訳である。となると、古稀を過ぎてからの七、八年は決定的に重い。一年が十年にも相当しかねない案配である。何事もなかった兄弟妹衆でその連れ合いが一人欠けた。欠けてみれば、信じられない出来事であった。そこで一つゴトリと何かが動いた。次の新たな世界へおもむろに入って行く感じがあった。

妹の亭主の古稀の祝いを柿谷の家でやったのは、彼は長尻であったから、町の料亭では落ち着かないと考えたからであった。それに、此の頃はろくな料亭がなかった。造りなら造りを、しっかり出してくれる料亭など一軒もなかった。軒並みに代替りしていることもあるが、造りがお花畑の感じで、柿谷の好みに全く合わなかった。

それなら造りは自分が鰤を一本買って来てさばいてやろう。鯛の焼き物は仕方がないのでなじみの魚屋に頼むとして、赤飯も自家製でいく。たっぷり作る。それで昼から半日ゆくりなく楽しむ。こんなことは、将来とも続くものとして考えられた。平穏無事、無病息災は、カレンダーか何かにかかげられている標語としてではなく、彼等にとっては現実味のある日常として、これまでは誰もが疑うことはなかった。それが今度いきなり人生の裏を見ることになったのである。人生に裏側があること等想像もしたことがなかった時に。

柿谷は義弟の四十九日でも、一周忌でも酒を飲まなかった。こんな時は、お互い酒を飲んだ間柄として、酒を飲むことで相手を供養する意味合いを彼が知らないわけではなかった。ただ彼は酒を口にする気持になれなかった。会席では彼に酒をすすめる人達が何人もいた。彼は黙って手を振ってことわった。年長の自分がまだ生きていて、若かった彼のために酒を酌むなどということは、もっと年とってからの別離の場合であるだろう。年をとるということはいいものであり、そういう年のとり方なら、悪くはないのだと彼は思った。

柿谷はいつになく考えこまなければならなかった。こんな日常を繰り返していたら、それだけで人生が終ってしまう。それどころか人生がいくつあっても足りない位だ。やはり好きなことをしなければならない。そのためには人に不義理を重ねても仕方があるまい。つまり、世間に目を瞑ってもらうのである。

細君が嫌なら自分だけで実行する。年とっていくにつれ、夫婦が仲良くなるというのは眉唾物だ。本来逆だろう。何故なら、食い意地にしても何にしても、年をとるにつれ嵩じて来るのが普通と考えられるから。

5

「どうかと思いますよ。そんな白髪ばかりの老人衆が、焼き鳥でだらだら酒を飲んでいるなんて。みすぼらしいですよ。こんな感覚に無頓着になったらもう終りね、そんな年になったら、家で一人でやるものよ。誰にも邪魔されずに。猫一匹いるわけでなし。それこそどんな格好をしていようと笑う者がいるでなし、気儘放題でいいではないですか。合ってますよ。年齢相応です。此の頃オヤジ何とかというのあるでしょう。あなたあれ見て楽しみますか。まだあの人達大抵はあなたより若いよ。嫌だなあ。元気なのはわかりますよ。しかし昔からよく言われて来ましたね、場所柄をわきまえなさいということ。若者がカウンターを占拠して焼き鳥を際限もなく食べながらビールを飲む。そして怪気炎を上げている。周囲の迷惑など何処吹く風で顧みない。お客さんもお客さんで、若者のそうした傍若無人が気にならない。気にならないどころか、若者につられてビールをもう一本も追加注文する。団体でもこれなどはいいではないですか。こっちが若返るわけです。あなた方の隣りに、好んで女の子が寄って来ますか。女の子など、あなた方がずらっといるために席を取るのに苦労するんではないですか。絵になりませんよ。皆さん相当の年なのだから、どうしても外でやりたいのなら、小上がりなんかがある馴染みの料理屋にでもしけ込んで、時間をかけて、一つ料理をゆっくり味わいながらお酒を酌み交わすというのが相場ではないのかしら。だけど、どうして焼き鳥を団体で食べなければいかんのでしょうね。もうだいぶ前のことになるけれど、現役の宮内庁の侍従長が、帰宅途中かならず屋台に立ち寄って、二、三本の焼き鳥で酒をひっかけて帰るという新聞記事を読んだことがあるけれど、あれなんかはよくわかりましたよ。そうそう、彼にとって二、三本の焼き鳥がどんなに美味しかったことかが胸を締め付けられるように納得できましたね。あたしはお酒は知りませんよ。けれど、どうも酒好きにも上等とそうでないのがあるみたいですね」

これは細君の牽制球である。油断をしているとどんなタイミングでこれが来るかわからない。しかし柿谷は細君はわかっていないと思う。酒飲みにはそれもある。しかしこれもある。一人の人間の中でも、それとこれがごっちゃになって同居していることさえある。それだけが上等で、これは下等であるということはできない。それも楽しく、これも又楽しいからである。

柿谷は細君に対して、「まあね」とだけ答えた。もう逐一説明する元気はない。第一面倒くさい。厭きた。ここまで夫婦でやって来て、この程度では手がつけられないということがある。うまくいっている夫婦というのは、もともとうまくいっていたのだろう。あうんの呼吸というやつだ。途中で毀れて目茶目茶になるというのは、初めから毀れていたのだろう。ただ双方が気付かなかっただけのことだ。

彼はこんなふうに来し方を振り返った。どうにもダルな回想である。それも又今更どうにかなるものではないと感じた。ダルにも後が無い。

彼の中でキャンピングカーの構想は天空の彼方に姿を消してしまった。姿かたちが見えなくなってしまったのである。相手にもされなかったのだから、ことははっきりしていた。問題の性質は、プロポーズをして断わられたのと同じで、改善の余地があるとかないとかの問題ではなかった。初めから無かったのだということである。


施設に入所している縁戚がいて、柿谷は思い付いて見舞いに行った。見舞いはすぐに終ったが、縁戚の入所の時にお世話になった苑長と話をすることができた。廊下でばったり出くわしたのである。

苑長は廊下にいっぱい観葉植物の鉢を置いて育てていた。それで以前に柿谷は施設の廊下を観葉植物回廊と名付けて、苑長を喜ばせたことがあったのだが、彼は相変らずそれら植物の鉢を世話していて、廊下はいっそう緑々した植物の住み処になっていた。

彼等は二人並んで立ちながら、日の光がいっぱい射し込んでいる中庭を眺めていた。中庭には椅子やら机やらが持ち出されていて、脇の食堂の風情とはぐんと解放的であった。食堂には硝子窓越しに入所者のいくつかのグループが塊りをなして見えていたが、中庭の椅子には、たった一人の男がすわっているだけであった。

「あの人はね――」

苑長はにこにこしながら話し始めた。

「水割りが好きなんですよ」

「ミズワリ？」

「ええそうです。焼酎の水割りです」

「酒呑みですか」

「まさか、グラス一杯です。それが好きなんです。夕方、雨でも降っていなければ一人で中庭へ出て、静かにグラスを傾けるんです」

「それ、大丈夫なんですかね」

「大丈夫です。私が責任を負っているんです」

中庭の老人は、やや顎を引き上げるようにして、山の端に沈む太陽を身動き一つせずに眺めていた。彼の耳にかぶさるまでの長髪が落日の光線に染まって赤味を帯びて見える。

柿谷はそんな赤い頭髪をした老人の油彩の肖像画を展覧会で見た記憶があった。その時は、赤い頭髪が肖像画に後から足したアクセントに見えたのだったが、妙に惹かれるものがあった。現実に赤い頭髪を目の当たりにして老人の横顔を眺めていると、それはごく自然に落日の風景になじんでいて、アクセントでも、フィクションでも何でもないことに気付いた。

「いいもんですね」

「いいもんです」

苑長は同じようにそう言って眼鏡の奥の目を細めた。

食堂では夕食が始まろうとしていて、介護士が何人もせわしなく机間を動き廻っているのが見えた。

中庭の老人はまだ動かなかった。いずれ彼は食堂に戻るであろうが、柿谷は悪くないなと思った。施設でも水割り一杯位なら許容範囲の内なのか。人に迷惑を掛けなければ。柿谷はその辺まで勝手に考えて、改めて身動き一つしない老人を眺めた。

施設は小規模な施設であった。デイケアと特養ホームとを併設していた。介護士は柿谷なんかが帰る時、「有難うございました」と言って挨拶した。これには柿谷はひどく戸惑ったが、それは、人を一旦預ってしまえば、苑が家であり、家族であるという考え方に拠っていた。そのように理解すれば、彼等の挨拶はぴたりと心に響くものがあった。こうした方針が、この種の施設には昔からあったものかどうかは知らなかったが、柿谷は感心もし納得した。介護士達の表情が皆明るかった。

「いずれ自分のことも考えなければならないとして――」

柿谷がそう言った時、苑長は言葉を引き取った。

「そんなことはわからんでしょう。自分で決められれば一番いいのでしょうが、大体は自分で決めることができませんね。人まかせですよ。それもそれでいいではないですか」

「気が付いたら水割り一杯という」

「そうです。おそらくあの人にとって、それが一日の全てで、一日のごく一部ではないということでしょう。でなければ、あれほどの恍惚は得られんでしょう。ちょっと近寄り難い感じがしませんか」

なるほど、と柿谷は思った。それは苑長自身が、毎日見とれているのでなければ言えない台詞にちがいないと考えられた。老人の一日がそうして暮れる。酒を燗をしてよこせと言うでなし。ビールの銘柄を指定するでなし。彼は誰の世話にもならずに、手持ちの焼酎を水道水で割ってゴクリと喉に流し込んでいるのだろう。柿谷なんかより年寄りがずっとハイカラである。ずっと以前、関西から一団で来た連中が焼酎、焼酎と言って騒いでいたことがあった。彼等の一人は、柿谷に向かって、「君はまだ酒を呑んどるかね」と言ったことがあり、その口調には、古いなあ、といった感じがあった。

柿谷は考えた。自分の行く末のこととして、施設に入所しても一杯の水割りは飲める。そうするとそれは、まことに贅沢というものではないか。女房子供のことは知らぬ。彼等も適当にやっていくだろう。柿谷が施設にいる限り彼等も仕合わせなのだ。柿谷は老人の何ともいえぬ自足感に接しながら、自分を重ねないわけにはいかなかった。日はとっぷりと落ち、食堂はまばゆいばかりの明りを愈々放ち続けた。

柿谷はやはりキャンピングカー以外にはないだろうと考えた。水割り一杯に行き着くまで、細君が嫌だというなら、自分一人が乗るのである。そしてぶらりと出るのである。夏休み中であるならば、最寄りの駅まで都合のつく孫達は電車で来るのもよし。

そして又何日か走る。夏であれば、例えば千里浜のような所にキャンピングカーを停め、何日間か海水浴をする。孫達はそこからいつでも電車で帰ればいい。

いつでもキャンピングカーが日本の何処かで母船のように停泊しているのは孫達のロマンをかきたてる。孫達はキャンピングカーの位置を海図で確認してバカンスの計画を立てる。

柿谷のこうした見取図は実にうまくいったと考えられた。上出来である。孫達だけに限るわけではない。孫達の母親も父親もいつでもどうぞだ。とにかく、一旦家を出たキャンピングカーは、いつ家に戻るかわからない。戻らないかもしれぬ。間に合わないということがあるからだ。それはキャンピングカーと行動を共にすることにした人間の宿命である。細かいことを言うな。細かいことはこれまでで充分である。

いよいよキャンピングカーの車種を選ぶ段になって、柿谷は車に詳しい娘婿に電話した。娘婿は夜勤で娘と話すことになった。

「キャンピングカーですって」

まず娘が素っ頓狂な声を上げた。そして続けた。

「あれはパパには運転できないわ。ドームだよ。ドームを牽くんだよ。考えられる。

車じゃない。家だね。パパは窓を開けて顔を出してしかバックできないでしょ。全部ミラーだよ。それもいろいろ現場で合わせなければならない。手じゃないよ。オートマ」

アメリカ生活が長かった娘は、キャンピングカーというと、別個にトレーラー牽引の車を想像するらしい。

「そんなんじゃないよ。パパが買うのは普通免許でOKのやつさ。中古で二百万。オクションが付いているから割安なんだ。それでも七、八人位は乗れるぞ」

「知らないよ。運転免許証をそろそろ返納する年齢じゃないのかしら。逆だよ。まだスポーツカーならわからんことないよ。八十にもなって、スポーツカーに乗ってる人いるもの。結構さまになってる。念願だったんでしょうね」

柿谷は、念願ということなら同じだと思った。ただ柿谷の場合は、キャンピングカーこそ自分の家、と決めていることがちがうのだと思った。

初出一覧

黒壁夜色　「青磁」29号　二〇一二年五月
羽咋まで　「青磁」31号　二〇一三年五月
風を入れる　「青磁」28号　二〇一一年九月
和食堂柘植　「青磁」34号　二〇一五年四月
柿谷の場合　「青磁」36号　二〇一六年九月

定　道明（さだ　みちあき）
一九四〇年福井市に生まれる。金沢大学卒。
主要著作
『薄目』（編集工房ノア）、『埠頭』（詩学社）、『糸切歯』（同前）、『朝倉螢』（紫陽社）
『中野重治私記』（構想社）、『「しらなみ」紀行』（河出書房新社）、『中野重治伝説』（同前）、『中野重治近景』（思潮社）
『昔日』（河出書房新社）、『立ち日』（樹立社）、『鴨の話』（西田書店）、『杉堂通信』（編集工房ノア）

風《かぜ》を入《い》れる
二〇一七年二月一日発行
著　者　定　道明
発行者　涸沢純平
発行所　株式会社編集工房ノア
〒五三一―〇〇七一
大阪市北区中津三―一七―五
電話〇六（六三七三）三六四一
FAX〇六（六三七三）三六四二
振替〇〇九四〇―七―三〇六四五七
組版　株式会社四国写研
印刷製本　亜細亜印刷株式会社

ISBN978-4-89271-266-1

表示は本体価格

杉堂《さんどう》通信
定　道明

白山、別山の雪を望む里、老いに向かう穏やかな日常の出来事、旅先の風景の中に潜むもの、生のただよい、過去に分け入る日記体文学。　二〇〇〇円

詩集　薄目
定　道明

詩人が中国を旅したとき、詩人は言い知れぬ不気味さを覚えた。詩人は自分自身に問いかけ、思索し、…誠実に答えを出した（広部英一）。　一九四二円

定年記
三輪　正道

長年のうつ症をかかえながら、すまじき思いの宮仕え。文学と酒を友とし日暮らし、むかえた定年。報告と感謝を込めて、極私小説の妙。　二〇〇〇円

残影の記
三輪　正道

福井、富山、湖国、京都、大阪、神戸、すまじき思いの宮仕えの転地を、文学と酒を友とし過ぎた日々。人と情景が明滅する酔夢行文学第四集。　二〇〇〇円

夜がらすの記
川崎　彰彦

売れない小説家の私は、妻子と別居、学生アパートで文筆と酒の日々を送る。ついには脳内出血で倒れるまでを描く連作短篇集。　一八〇〇円

巡航船
杉山　平一

名篇『ミラボー橋』他自選詩文集。青春の回顧や、家庭内の幸不幸、身辺の実人生が、行とどいた眼光で、確かめられてゐる（三好達治序文）。　二五〇〇円